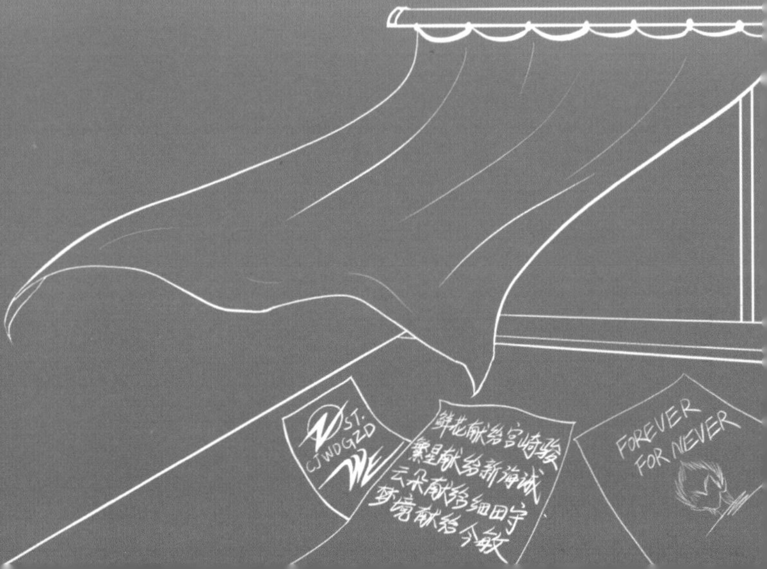
ST.
CJWDGZD
鲜花献给宫崎骏
繁星献给新海诚
云朵献给细田守
梦境献给今敏
FOREVER
FOR NEVER

一无所有，连影子也没有。

颠沛流年

张花火 著

民主与建设出版社
·北京·

图书在版编目（CIP）数据

颠沛流年 / 张花火著 .— 北京 : 民主与建设出版社 , 2021.12

ISBN 978-7-5139-3359-9

Ⅰ . ①颠… Ⅱ . ①张… Ⅲ . ①中篇小说—中国—当代 Ⅳ . ① I247.5

中国版本图书馆 CIP 数据核字（2021）第 025847 号

颠沛流年

DIANPEI LIUNIAN

著　　者　张花火
责任编辑　程　旭
封面设计　张艾米
出版发行　民主与建设出版社有限责任公司
电　　话　（010）59417747　59419778
社　　址　北京市海淀区西三环中路 10 号望海楼 E 座 7 层
邮　　编　100142
印　　刷　三河市龙大印装有限公司
版　　次　2021 年 12 月第 1 版
印　　次　2021 年 12 月第 1 次印刷
开　　本　880 毫米 ×1280 毫米　1/32
印　　张　9.25
字　　数　188 千字
书　　号　ISBN 978-7-5139-3359-9
定　　价　52.80 元

注：如有印、装质量问题，请与出版社联系。

此书献给我生命中最伟大的女性——我的母亲宋春玲女士

序言：夏天·遗憾·成长

首先感谢您选择阅读这本小说。

这本小说讲述的不是什么宏大的事件或者深刻的道理，只是一群青年在大三的暑假发生的故事。不过也不单纯是叙述书中角色的经历，而是用一种方式讲出了那些无法被直白地表达出来的东西。人的某些想法，直接说出来往往并不适合，似乎差点儿什么，只有当它有所附丽，才会达到心里的那个效果；相信大家或多或少都在某一刻有过这样的体会。

准确点儿说，小说讲述的故事更像是我想传达给大家的一种信号，或者感觉，也许能够感同身受的朋友很少。当然我没奢望谁能够和我有一样的感受，因为每个故事，在每个人心中都有不同版本。

再说一次，这是个关于夏天的故事。

仿佛每个人的夏天都会发生好多特别的事，所以当我听到一些人回忆曾经的某一个盛夏的时候，总会从他们的眼神里读到一丝心疼。

夏天的回忆有哪些?

放下书包，换下校服，毕业终于走出的校园?来不及和早已成为你心事的某个人告白?在车站或机场分离并期待下一次重逢?

或者就是简单的阳光和绿叶，风扇、空调和冷饮，听着夏天的雨滴滴答答地敲打窗户?

我见过好多人，也问过好多人，得到的回答是：总有事情在夏天成了遗憾，总是在夏天获得了成长。尽管这个答案在大家口中不是第一重要的，可它出现的次数最多，几乎每个人的回答都会带有遗憾和成长。

年纪越大，愈发不敢放肆，所以最能轰轰烈烈做出什么事情的阶段恰恰是年轻的时候。因此在人生中越往后的夏天，敢放手去做的事情越来越少，遗憾的事情越来越多。

渐渐地分不清是遗憾点缀了夏天，还是夏天装饰了遗憾，抑或是两者的相互成全。

我们逐渐改变，寻找到与自己和解的同时与这个世界相处的平衡点，不论是心态，还是处事方法。在这个过程中，我们不断成长着。

如今令我觉得可怕的是在某一时刻再回想起某一个夏天，记忆变得模糊了尚可接受，但心中的那份锋利尖锐的感觉也不在了。因为感到遗憾才显得锋利尖锐，这份锋利尖锐带来的感觉就是成长的瞬间。可一切都不在了，变成了自我安慰与自我麻木，并告诉自己：就这样算了吧，认了吧，无所谓了。然后假装自己放下了。

我不想就此妥协，因为我相信我们做出的改变和成长都是为了保护我们不想改变的中心，要守护这个不变的核，才会做出其他的改变和成长。如果连核都失去了，就会一边面对过去不甘心的事情，一边继续过着一眼望到头的日子，让当下甚至未来变成更久之后的不甘心，如此这般恶性循环。

我佩服那些做事奋不顾身的人，发自内心地，不论他们年轻与否。虽然我细数了各种遗憾，但从没感到后悔过。

18 岁以后，我越来越老了，失去的也越来越多了。

以前总觉得很多事情对我而言还要好久才能遭遇，但结果是我想得太美好了，也只有经历了之后才明白，原来“你的人生会被做减法”这件事是真实存在的。当然，也不是所有人的人生都会在相同的年龄段被“做减法”，有些人很老才开始失去，我有时就很羡慕这类人，觉得他们活得应该会相对开心些。另一种人也许像我以及我的某些朋友一样，这么早就稀里糊涂地走在了一无所有的路上。

现实往往很残酷，真话总是很难听。我知道不是所有人都能登上顶峰，可无法登顶的人也没理由自暴自弃在谷底过一辈子。纵使我们平凡，依然要享受生活，追求美好和幸福。纵使平凡是种遗憾，我也不会面对生活得过且过。有些问题还没找到答案，有些事情还没去做，所以只能依然固执地用最笨的方法去行动、去坚持，磕磕绊绊一路走下去。

幸运的是我并不是孤单一人。

虽然同行路上的人们并不会一成不变，有些人停下了，有些人换别的路走了，有些人走丢了。

我们这些剩下的人依然抱有希望，彼此扶持着前行。

所以我写下了这个故事，写夏天，写以我和我朋友们的一部分真人真事改编的经历，写各种看得出和看不出的遗憾与成长，也算是对我们曾经留在每个夏天里的遗憾进行一次简单告别，对我们的成长进行一次纪念。我知道未来的日子里，我一定还会经历各种各样的遗憾并且承受随之而来的痛苦、悲伤，但遗憾到来的时候，我不会压抑自己，会用心迎接它们、感受它们，让眼泪肆意流淌，因为伴随着遗憾的，还有成长。

这本小说也献给在人生路上有过遗憾并不停成长的每一个始

终热爱生活的人。

阅读这本小说的你们，如果能够回忆起自己的某个夏天、某个人、某个记忆就已足够；如果能够有新勇气和希望去追一个梦，去喜欢一个人，去奋不顾身做成一件事，那是我三生有幸。

故事的时间是 2015 年的夏天。

目 录

第一部分 随雨碎语

第二部分　忆海黑潮

第三部分　开口蜉蝣

随雨碎语

阳光在那边、
温暖在那边

这边只是下着雨

有的话 仿佛只适合在
下雨时说出来，没关系、

毕竟晴天也会下雨嘛.

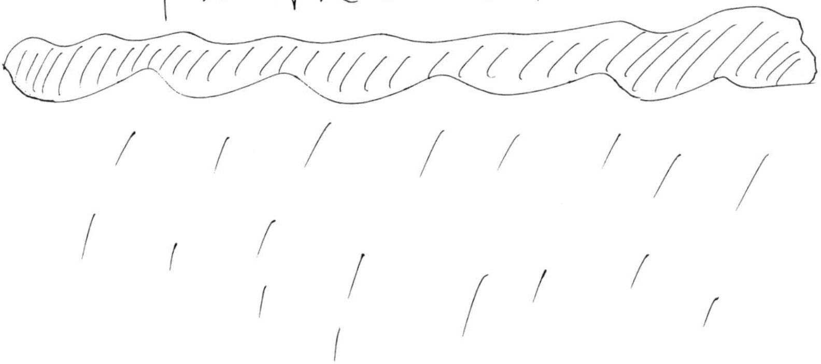

期末考试、台球

2008 年的 7 月，我结束了自己初三下半学期的期末考试。三四天之后，校方便完成了评卷。按照我们学校的规矩，大家在考完期末考试最后一科之后就要全部回到教室里，听班主任宣布返校听取成绩的时间，届时再记录一下假期的作业，完成后方可离去。那些班干部，譬如我，则被赋予一项特权：隔天就要来到学校同评卷老师和其他担任班干部的学生一起，完成一系列工作。这些工作中最最主要的任务便是将已经评好的一打打卷子的装订线拆开，而后将卷子分班整理。这无外乎便是将一打卷子再度变为一打卷子罢了。但实际上，之后的一打与之前的一打已经不同了，比如此前的一打变为此后的一打期间，将会由老师用红笔进行一番“处理”，打钩或打叉，写下各道大题的分数，最后返回到卷子的总评处写下总分。这一过程中，那些卷子既像病人又像犯人，而且是病入膏肓的病人和杀人如麻的犯人，与此对应，评卷老师也有了两个“仿佛”的职业——主治医师和行刑者，他们把卷子变成被扎得千疮百孔的病人或是被刀捅得血淋淋的犯人。只不过针管已经看不到刻度线，脏污伴有裂纹，芯杆反插露出黑色活塞，刀子的刀把已经折断，针扎得浅刀却捅得深，一打一打的卷子就这样被“治疗”或者“行刑”，每一打各有一管针和一把刀，白花花一片，仿佛在全是乌云的天空下的尸横遍野的乱葬岗，多数情况下是这样的。

当然还有两种极端：“病人”被完全地解剖，“犯人”被完全地杀死，这样的卷子出自那些“差生”的手里；“病人”被检查一遍后告知病情没有大碍，“犯人”被抓之后被告知说抓错了，这样的卷子上通常只是见到少量的红色，它们出自那些“尖子生”

的手里。

说到这里，大家应该会想到我们这些班干部能够拥有的另一项特权，那就是能够比班级的其他同学提早地知道成绩，不论是同年级里其他同学的成绩，还是自己班级同学的成绩，抑或是自己的成绩。不过我们心里通常是不用担心自己的成绩的，因为在学校里，担任班干部的学生都是从老师眼中的所谓“好学生”中选出来的，文化课或者说考试分数都从没低过。如果哪个班干部考试偶尔从全班的第五名掉到了全班的第六至第十名，那只能说这个班干部发挥“失常”了。

那是刚刚出了数学成绩的时候，我和笛得到通知去分卷子登成绩，走进数学组教师办公室，便看见我们班的数学老师冬哥黑着脸看向笛。

我心里明白这眼神代表什么，初三上半学期我在一次单元测验后，冬哥也是这样看我的。

笛发挥“失常”了，在平时，120 分满分的数学卷子，他每次得分都不会低于 115 分，这次竟然破天荒地没超过 100 分。

“考试时你想什么了？”冬哥开口便没好气地问了一句。

“呃，就是像平时那样子，其实我也不知道这次是……”

“行了，你还是没用到功，看看人家雨，你知道她平时做了

你读书时卷子的“尸体”在哪里？

多少练习册吗？有这么厚！这么厚！你不能坚持一段时间就松懈下来啊！”冬哥一边继续教育笛，一边伸出拇指和食指夹出一段距离，用来描述雨所做的练习册的厚度。

“是，嘿嘿嘿……”笛没办法，只好摆出笑脸面对冬哥。

说罢，冬哥叹了口气，把一厚打卷子分成两份，交到我和笛的手中，然后从衣袋里掏出烟盒，取出打火机并抽出一支烟。他叼着烟看向我：“你也是，以后别弄得状态时有时无的，如果中考来了状态没了到时候你怎么办？”

我和笛都不作声，只是点头。

冬哥给香烟点上火：“唉……暑假也别光顾着学习，8 月份的奥运会还是要看看的。”

我们如释重负，轻手轻脚地走出教师办公室，回头关门时，我觉得烟雾中的冬哥竟然有些……俏皮。

在走廊里，笛突然回过头来说：“一会儿任务完事了，去打台球吧。”

在我的记忆里，笛从没邀请过任何朋友去打台球。

这是我学生生涯中几个不明所以便记得的片段之一。也是这次经历，让我头一回觉得，我们这些初中小孩子称呼年过 50 的

老师为“冬哥”，是不是……呃……稍微，可能，或许，大概有那么一点点儿不合适呀?

7 年过去了，如今我还是会在正午时分偶尔抬起头看太阳的时候，眯起眼睛想起这段往事……还有那阳光刺进眼睛的晕眩感。

冬哥的话让我们后来的台球打得十分不自在。

此外，我是不会与任何同学详谈“冬哥”称呼的，因为给数学老师起这个外号的人，就是我。

奶茶、烤肠，两位老板

“喂。”

“什么？”

“她，你追到手了吗？”

“拜托，我连表白都没有说过，怎么追？”

“胆小鬼，这点儿小事都做不好，将来还能干什么？”

“切，你还说我呢，你对那位表白了吗？”

“没……我觉得我配不上她。”

“……德行！”

“所以，咱们是相互嘲笑的损友啊。”

“不是损友，你说咱们认识多久了？”

“从学前班一直到现在呗。”

“可以说是兄弟了。”

“兄弟啊，怪不得我这么倒霉，原来有你这么个兄弟。”

“那你想倒霉多久呢？”

“一辈子。”

“我呸——你讲得真恶心，把咱们的关系描述得这么暧昧，弄得像是在搞基一样。”

“话说现在你想干点儿啥？”

“当然是去学校对面的小亭子买奶茶了，咱们都这样快有半年时间了。”

“……走。”

“老板，来两杯奶茶。”

“哦，什么味的？”

“就和平时一样。”

“……哈密瓜的？”

“……我们一直都喝巧克力的啊。”

“哦。”

“我……不想再去那里买奶茶了。”

“心情不爽？”

“半年来在他这里买了那么多次奶茶，都是一种口味没变过，他竟然都记不住。”

“……咱们一厢情愿罢了，就像……对彼此喜欢的人的感觉一样吧。”

“那可不一样！”

“怎么？”

“好歹老子这次能够决定再也不去他那里买奶茶！”

“好了好了，奶茶买完了，接下来去买烤肠。”

“老板，来两根……”

“又来啦？哈哈，我都记得！特意给你们留下两根玉米鸡肉香肠！一个多蘸辣酱一个多蘸孜然是吧，来，拿好！”

“谢谢，今天生意怎么样？”

“还行，也多亏你们这些同学捧场嘛。”

“哪里的话，老板你人好，自然就会有顾客光临。所以我们这些学生，不论是要走的还是要来的，你店里的生意都一定会持续这样红火下去的。”

“谢谢，烤肠快趁热吃吧，一会儿凉了就不好吃了。”

“……我想，也许我们都错了。”

“哪里错了？”

“也许，她们并不是像奶茶店老板的那类人，而是像食杂店老板的那类人。”

“……”

“话说回来，高中你要考哪里？”

“一中，但是进了一中之后我就要做自己的事情了。”

“一中本来竞争就激烈，以后没了好学生的光环，你日子会多难你想好了吗？”

“那是我对自己的补偿，人嘛，对得起别人未必有好下场，终究要对得起自己。”

“唉，好歹你还是打算去一中……老朽到时候就去二中吧。”

模仿鲁迅先生说一句：我再没吃过那种味道的烤肠，也再喝不到那种味道的奶茶了。

“高中你不和我并肩作战了吗？”

“你不会缺朋友的。”

“但咱们的兄弟已经没多少了，你又要走。”

“这是你要面对的，也是我要面对的。”

“好吧，不过每学期咱们都得像以前一样见个面什么的。”

“必须的。”

“一想到要度过的日子，实在不知该说什么好。”

“对了，还有个事。”

“什么事？”

“你……若是在一中看见她，帮我向她问好。”

“好的。你也得答应我一件事。”

“讲。”

“以后别再自称老朽了。”

“嗯……好。”

“那咱们接下来去哪儿？”

“唔……去看看猛将兄！”

“OK，走起。”

关于睡眠和彩票

下面的一阵埋怨声把躺在床上的我吵醒。

“不玩了不玩了不玩了！爱谁来谁来！老子不奉陪了！净碰上些弱智队友！”

我睁开眼，从枕头下摸出手机，一看时间，好家伙，悲伤羊驼的眼神——8 点 20 分。

“你怎么这么有战斗力呢？昨天不是才去网吧通宵的吗？”

“那不一样！昨天的通宵玩游戏是庆祝考完了操作系统，今天早起玩游戏是庆祝接下来的三天没有考试！意义不一样啊！”

“唔，昨天晚上战绩如何？”

“玩了十盘，赢了一盘。”

“就知道挑好听的说！直接说你输了九盘呗，反正我不会嘲笑你的！”

“哎呀！老三你真是我的好室友啊！那你真正想对我说的是什么呢？”

“该！哇哈哈哈哈哈！”

“王八蛋！”

“安静点儿！”这次是其他兄弟开口了。

我翻了个身，换了个舒服的姿势，动作幅度大了点儿，不过没关系，我们寝室是上床下桌，不会出现影响下铺人休息的情况。

怎么形容呢？……操作系统的考试令我大伤元气，虽然九成概率不会挂科……不过今天还是得多睡一会儿。

老五在下面又开了一盘游戏，似乎刚刚说出的“不玩了”和自己一点儿关系都没有。

他点击鼠标的声音此时变成了最好的催眠曲。

等我再次睁开眼，拿起手机看时间，屏幕上显示的是 8 点 40 分。

关于睡眠，我一直觉得这是人的一种奇妙的行为。有时你明明睡了很久，可当你醒过来时却觉得只过了一瞬间，不论是大脑还是身体，仿佛都没休息过。有时候却恰恰相反，你明明没睡多久，可一睁眼却觉得精神百倍，仿佛沉睡了数个世纪。

我有过一次那种不幸的经历。

那是大一的一天晚上，熄灯后我很规矩地洗漱，然后上床睡觉。当时也就是晚上 10 点半，我自己的状态很正常，睡姿标准，入眠也很轻松。但是隔天闹铃响起，我勉强睁眼一看，7 点整，可是觉得眼皮如此沉重，身体也没有力气。那再小眯 15 分钟吧，自己告诉自己，随后闭上眼，可是刚闭上眼，我就听到了室友在喊我起床，没办法只好再睁开眼。

怎么 7 点 50 分了？！

室友们早已整装待发，见我醒过来，他们便出门上课去了。

顾不上还困着也顾不上洗漱，下床后马上往身上套衣服，心急火燎地拿上书本直奔教室。

“可喜可贺”的是，老师偏偏在那节课点名。

毫无悬念地，我在那天的第一节课迟到了，被老师扣掉了平

枕头用来睡觉，那么枕头睡不睡觉？

时成绩。

之后我很气愤，当天的课全部上完之后，拿着2元去买了张彩票，号码还是在柜台前随口现编的。

当晚开奖结果公布，自己中了5元。

十分潇洒地向老五炫耀，因为他曾经花了100多元买彩票，结果血本无归。

自己却一次净赚3元，这事上哪儿说理去？

看着老五那羡慕嫉妒恨的目光，我顿时觉得迟到之类导致的不愉快统统都是狗屁！

第二天，当我去彩票站兑换自己的小小奖金时，我发现不只是老五会用这种目光注视我。彩票站每天都有很多人充当常驻部队，他们双眼布满血丝，攥着手里的钱，紧盯着挂在墙上的走势图。当我进入彩票站，正看到几个上了年纪的人一边揉眼睛，一边颤巍巍地从衣袋中掏出钱，大概100元，告诉工作人员：买一个号码，×× ×× ×× ×× ×× ×× +××，××注，几个人都是这般步骤。我很耐心地等他们全部买完，拿出自己的彩票说："兑奖。"

在场所有人的目光一下子集中到我的身上。要知道，对于长期搭钱买彩票却不中奖的人来说，看到你中了5元和你中了500

万元是没有区别的。

工作人员脸上挂着职业式的微笑，接过我的彩票，一扫条码，从收银台取出 5 元交给我。

我此时却不敢像面对着老五那般耀武扬威，而是选择赶紧撤退。因为“敌”众我寡，拿着这 5 元在他们面前炫耀的话，只怕自己的身体会被愤怒的他们撕成像 5 元大小的一片一片。

好吧，是我想太多了。

这便是我那次睡了很久却感觉压根没睡过的经历以及后续。可这次却完全不同，只是多睡了 20 分钟而已，我却感觉自己精神得可以马上跑 20 轮马拉松。

当然不会真的去跑，我自己的体型什么样我比谁都清楚，要是真跑完 20 轮，我就会去和斐迪庇第斯①见面了。

从床上坐起来，看到下面老五新开的战局已接近尾声。只见他神闲气定，双眼闪烁出坚定的光芒，嘴角微微上扬，移动他那有力的臂膀，拖动鼠标，用力地点击了一下“是”。

我把目光转向显示器，只见上面赫然写着四个熟悉的大字：是否投降。

---

① 斐迪庇第斯：古希腊的“民族英雄”，人们为了纪念他的功绩而在第一届雅典奥林匹克运动会上增设了马拉松项目。

兑奖时，我尽量保持不看周围人的眼睛。

接着画面就变为红色，音响传出一句：“Defeat！”

“不玩了不玩了不玩了！爱谁来谁来！老子不奉陪了！净碰上些弱智队友！”

历史总是惊人的相似啊，貌似不久之前刚刚听老五说过一遍哩。

忽然老六发话了：“说到就要做到！把游戏删了吧！”

老五思索了一会儿，马上点头：“好！删！”

妈呀！浪子回头了哇！

刚要赞扬老五，我就听到了老五接下来的话：“删盒子！这样一来就不会因为游戏开始之前看到队友的段位和战绩而上火了！唔嘿嘿……”

大一时我觉得老五笑得有点儿猥琐。

现在我觉得老五笑得猥琐到了极点。

乱

铭将一张写满字的纸揉成一团，扔进纸篓里。此时他的脑中一片混乱。

铭搜寻自己的记忆，曾经有过为别人创作的经历，每当完成一个给别人的作品时，他总会让曾是自己恋人的她来当作品的第一个读者。铭清楚地记得，在创作的过程中，自己很享受创作的乐趣，而把作品给她看的时候，她快乐地看着作品，自己快乐地看着她。

铭原本以为能一直保持这样的感觉。

铭想过，或许每一对年轻的恋人都会有类似的经历以及心情吧。

直到最后分开，铭才发现自己为好多人创作过，却从未为她写过一个字、一首词。

现在这种想写点儿什么的念头忽然从各处冒出来：电源插座里，水龙头里，漆黑的显示器里……那种念头在脑海中的画面却很瘆人，一切事物都不像现实中的观感和触感，而是像胶状的颗粒或碎了又黏合在一起的果冻，彼此挤压，想让一个死寂的画面活动起来。

他正襟危坐，拿起笔，宛如对待当初的爱情一般对待此时为了她的写作活动。

写了。

感觉不对。

团成团，揉了，扔掉。

再写。

还是不对。

如此往复。

空。

一味地空。

闭上眼，想冷静一下。

是的，冷静了，冷静得过了头，自己好像要窒息一般。

黑。

凝固的黑。

可是自己还是能看得见东西。

尽管目前为止能看得见的只有黑，可他却坚信一定能从这黑里，从这没有光的地方，看到什么东西。

自己未卜先知吗？当然不是，可这次偏偏有这种预感。

可是自己只看见了黑。

黑，是什么形状？四边形？是什么样的四边形？正方形？长方形？菱形？不是四边形，那么是三角形？什么三角形？直角三角形？等边三角形？钝角三角形？不不不！形状什么的无所谓了，那么黑是怎么样在那里的呢？直立着？平铺着？卷曲着？不，并不是这个维度，那这黑又会是怎样的存在？

可它就在那里，铭知道。

黑，就在那里。

如胶状颗粒或碎了的果冻，彼此挤压的一切，依然在告诉铭：要写点儿什么，要写点儿什么。

因为他看得见黑。他确定那就是黑。

无声地，黑之中浮现出了一个形状。

是一个心形，走近了，是由一个个气球组成的心形。

每一个气球都是那么红，整颗心非但不可爱，反而给人一种压迫感。

忽然，气球们有节奏地变大，缩小。整个心形也随着变大，缩小。

变大。

缩小。

变大。

缩小。

变大。

“扑通”。

缩小。

变大。

“扑通”。

缩小。

跳了。

气球组成的心形，在跳。

跳着的心形，可以称之为心脏了。

可毕竟是气球做的，假心脏。

可是自己为什么能够听见气球组成的心脏的跳动声？

他低下头，看着自己的心脏部位，有个洞，拳头大的洞。

他抬头，看一眼面前跳动的假心，再低头，看一眼身上拳头大的真洞。

忽然，气球全部停止重复着的变大变小，转而一直膨胀。

全部一直膨胀，直到将原本看着顺眼的心变得畸形。

膨胀到畸形的心，铭端详着。

忽然，黑之中走出一个小孩子，看不出是男是女，且头部没有眼睛和鼻子，只有一张微笑着的嘴。

小孩子一边发出孩童特有的笑声，一边抬起脚，对准膨胀到极限的气球踩去。

砰——

连串的“砰”。

空洞的胸口，此时却忽然来了疼痛。

铭大汗淋漓地睁开双眼，看着桌面，一张一字未写的白纸。

他忽然拧开身边的一瓶黑色墨水，一股脑地倒在面前的纸上。

然后起身，毫不犹豫地，将桌子掀翻。

寝室卧谈会

“老六，我睡不着啊。”

“我也是呢，五哥，五哥？”

“我听着呢，我没睡。”

“唔……”

“呀，老四咋‘活’了呢？”

“我刚才听见大哥说话了。”

“跟我没关系，我招呼的是老六。”

“二哥，放个鬼故事吧。”

“有病。后天就考试了，明天还得起早去图书馆占座位复习呢，你说你们长没长心，考完操作系统的时候就应该去占座的！”

“……换个话题吧。老二，话说上次咱们在寝室一起放鬼故事听是什么时候来着？”

“大一军训。”

“真快，一晃都三年了。”

“教官叫什么来着……”

“我想想哈……”

“姓卢，北边某个军区派来的，具体叫什么不记得了。”

“呀，老三也没睡啊。”

“睡不着，日理万机，难免失去困意。”

“这家伙给你拽的，和谐社会把你给救了！要不我弄死你。”

“唉……”

“五哥为什么叹气？”

“咱们还剩下一年就毕业了。”

“不，还剩半年，大四下学期都不能算是学期了，没有课，只有两个任务：完成毕业设计，写出毕业论文。”

“也对，大四上半年找到工作的，考完研的，考碗[1]的，家里给安排好出路的那些学生，最后一学期一天天过得可逍遥了，那些眼看着要毕业却还没有去向的学生天天就躲在寝室打游戏。”

“你说他们为啥天天打游戏啊？”

“想逃避现实呗，能躲一天是一天。”

“兄弟们，话说你们对将来都有没有点儿计划啊？”

“老大你先说！”

“我很简单，大四打算直接参加校园招聘，签一家公司就业。老二你呢？”

“我打算考碗，稳定下来后，争取早点儿结婚。”

“老三？”

“我打算考研，不过考的是艺术类，精进一下相关专业知识，再鼓捣点儿技术，将来就想着把自己创作的故事做成动画，最好是动画电影。老四你怎么打算的？”

“想留校发展，留不了校就找工作去。老五你呢？”

“我和老大一样，直接打算就业。老六？”

① 考碗：指参加公务员考试。

“目前想从国内考研和出国留学中选一个……”

“几点了？”

“我看看啊……0 点 30 分。”

“我去……还是睡不着啊。”

“这样吧，咱们来猜谜语，我数三下，你们谁知道答案都说出来，我再公布正确的。”

“OK。”

“第一个，透明的剑是什么剑？来，三、二，一！”

“Excalibur①！”

“水晶剑！”

“扑哧！还‘EX 咖喱棒②’，老三你动漫看多了吧，还没从事动漫行业就先得职业病了。至于‘水晶剑’，老五你是不是掉钱眼儿里了？你是不是会卖了水晶剑然后在北京二环买套 400 平方米的大房子？猜谜语不要弄得这么较真嘛，答案是——看不见。”

---

① 日本 TYPE-MOON 原作的 *Fate* 系列作品中的主要角色阿尔托莉雅·潘德拉贡（Saber）所持有的宝具，中文一般译作誓约与胜利之剑。

② “EX 咖喱棒”是 Excalibur 的戏称谐音。

“……”

“……”

“第二个，请问你一生中撒过最多次谎的内容是什么？三、二，一！”

“妈，我很好。”五个人异口同声。

“……都对了。”

“这算谜语吗？”

“不算吧？”

“我也觉得不算。”

“额……那这个作废！我再问一个。”

“请听好，目前为止人与人之间最不敢说的话是什么？三、二，一！”

“借我点儿钱！”

“帮我个忙！”

“我喜欢你。”

“……老三说对了，看不出！你小子没谈过恋爱还能猜对啊，话说你知道喜欢一个人是什么感觉吗？”

我笑了笑，翻了个身，闭上眼说道：“兄弟们，谁能说一下洛朗展开式的系数计算式？”

……

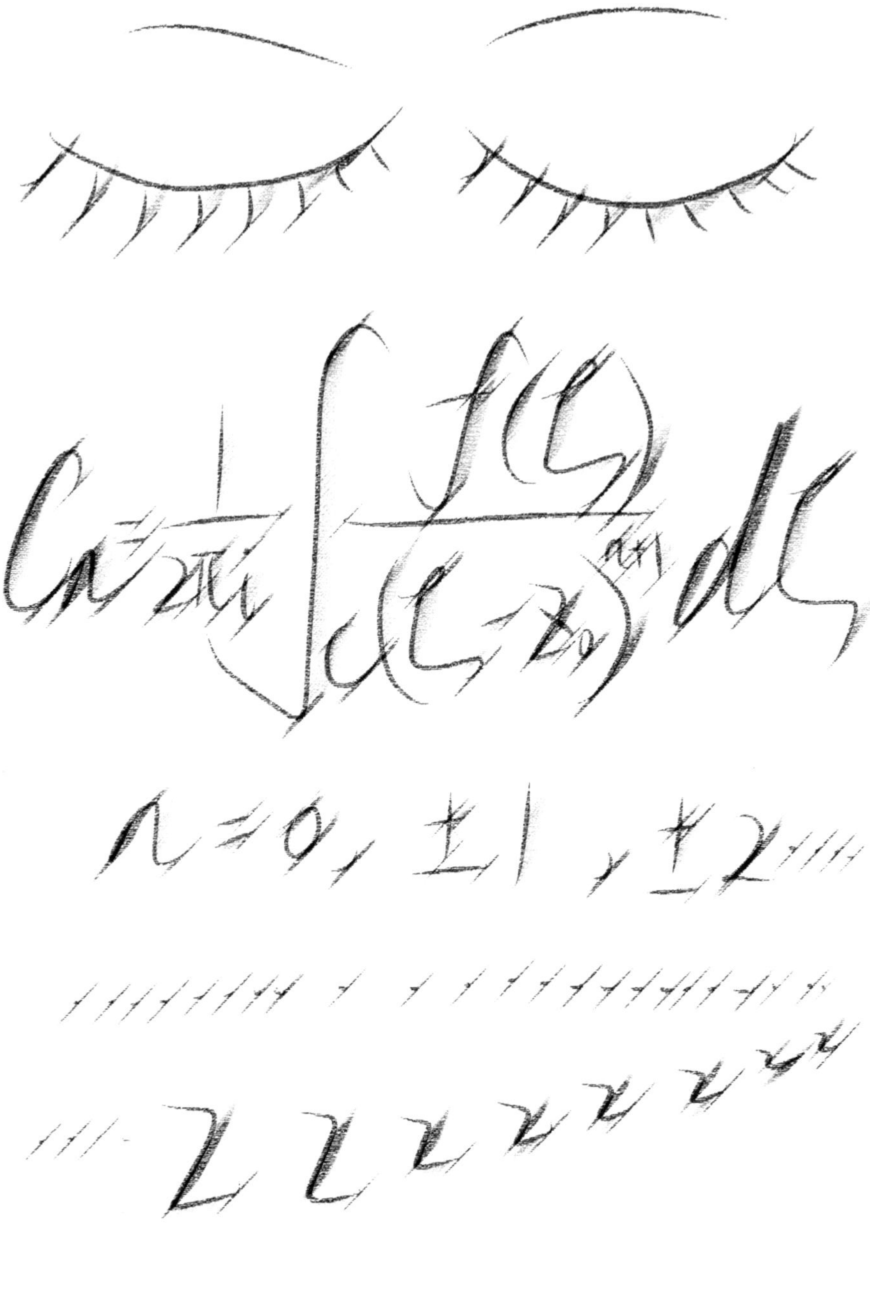
Cn = 1/2πi ∮ f(ζ)/(ζ − z0)^(n+1) dζ
n = 0, ±1, ±2
Z Z z z z z z z

过了五分钟。

寝室变得静悄悄了。

嗯……以后治疗失眠，我看就用这招挺好。

将被逼疯的人

“我感觉有什么东西正在把我逼疯。”西看着我。

“何以见得？”

“记得咱们一起去网吧的时候吗？”

我和西是从幼儿园就认识的兄弟，我们一起去网吧的历史则要追溯到上初三的时候，所以西这次的问话奇怪得让我有点儿不

我觉得我身体的一边像玻璃，另一边像只虫子。有人把我一边的身体打碎，另一边撞在了好大的蜘蛛网上。我的头变成了一个毛线球，被不知道什么东西扯着一端，要抽空。

——西

知所措。

“次数太多了，我不知道你问的是哪一次？”我老实回答他。

“哎，我问的不是具体的时间，我问的是咱们去网吧的大致流程，不管什么时候，不管在哪一家。”

“喝的？”我直入主题。

我们去网吧的流程是这样的：在柜台，刷身份证。看到这里也许你们会问，你们不是从初三的时候就开始去网吧吗？那时候你们还没有办身份证吧？的确，那时候我们还未成年，正处于叛逆期，即使家里有电脑也觉得在网吧上网是件很酷的事。当时我们也的确没有自己的身份证，但我们没有不代表网吧老板也没有。那时家乡每家网吧的老板手里都会预备好几十个成年人的身份证号码，所以我们都是交完钱之后从网管那里领一个身份证号就能够登录机器了。待登录机器确认无误之后，返回柜台，买一瓶饮料，就进入“战斗状态”。这就是我们上网的步骤，不论是成年之前还是成年之后都没变过，因此我认为能让西问出这种话来，问题绝对不会出在电脑上，那么就是饮料无误。

“对头！”西挠挠头发，“我也不知道自己为什么会这么想，你记得咱们这一带的网吧里面的饮料是从什么时候涨价的吧？”

我点点头。从我们高三毕业那年开始，全市的网吧就都将饮料的价格上调了，规则很简单，所有饮料的价格都比同种饮料的统一零售价贵 1 元，比如一瓶饮料在超市卖 3 元，那么它在网吧就会卖到 4 元。

“我觉得我就是从那时候开始不正常的，”西继续说，“当然，咱们每一次上网都是买 4 元的饮料喝，当时我心里就很不舒服，这段时间这种情绪忽然明晰起来，我认为自己发现了引发这种情绪的问题所在。”

我歪了一下头，示意西继续说下去。

“就是咱们去网吧玩的时候出现的情况。咱们买了 4 元的饮料，可是买完之后就开始玩电脑，结果饮料一直都没有动过，一直到下机时间，咱们离开的时候，拿着那没打开过的饮料走掉。”

“是啊，这样也不是一次两次了，有什么不对？”

“可是我突然觉得，4 元的饮料，饮料卖 4 元，这没什么，如果咱们玩电脑玩到正高兴的时候，打开饮料喝了，到结束的时候，饮料没有喝完，离开时拿着那瓶喝剩下的饮料，就没问题；可是咱们要是一直在网吧里没动那瓶饮料，离开的时候还是拿着完好无损的饮料从网吧的大门走出来，我就觉得咱们被抢劫了 1 元。”

“这……那你下次去网吧之前干脆先找个超市买一瓶 3 元的

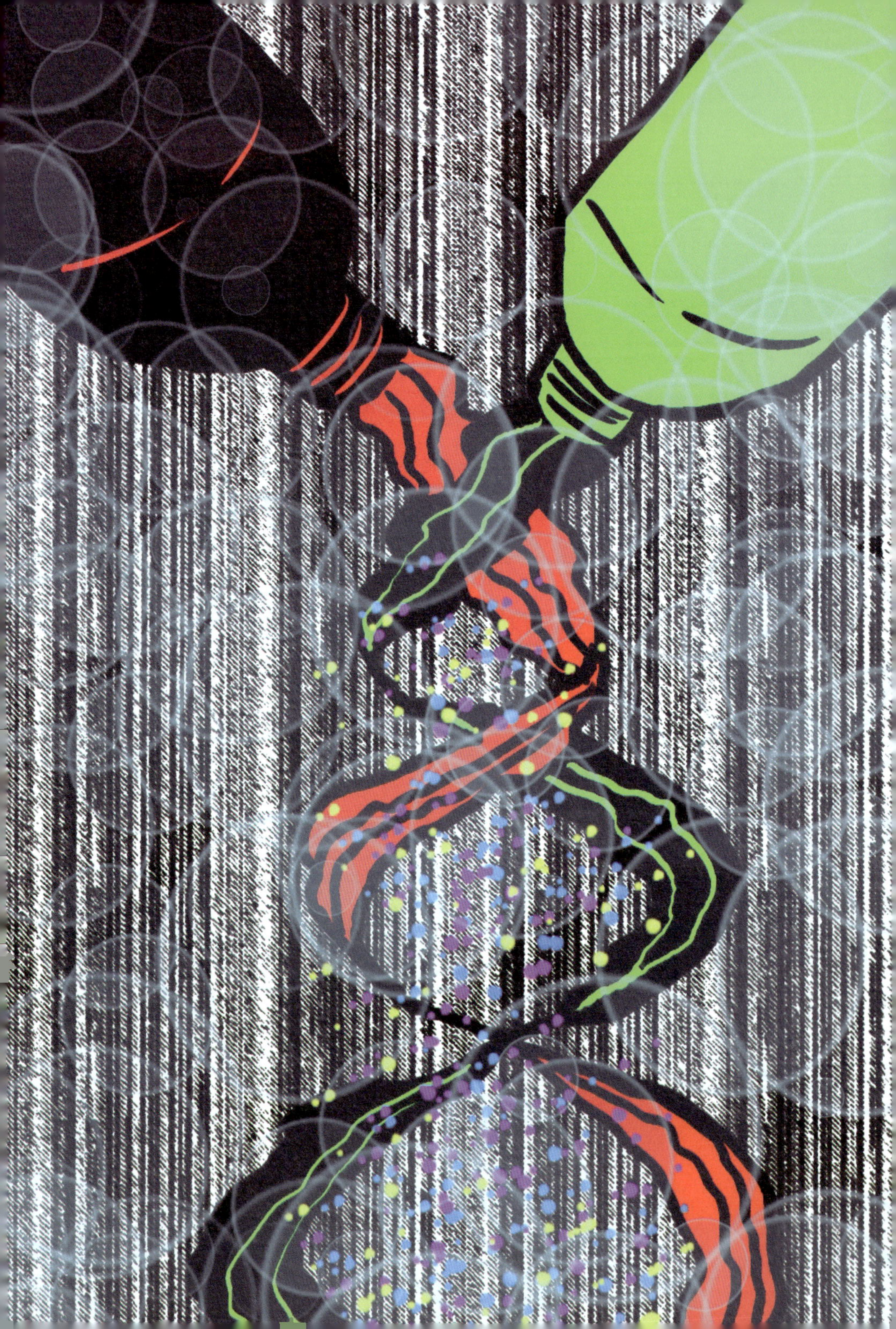

两个地方买的饮料掺在一起喝会怎么样?

饮料带进去不就好了吗？”

“不一样啊！”西摇摇头，“那是不一样的，我也不知为何，显然超市卖的饮料和网吧卖的饮料本质上都是一样的，可是就是觉得超市买来带去网吧的饮料，和网吧买来带去超市的饮料，甚至是超市买来带出来的饮料，网吧买来带出来的饮料，统统不一样！不是一样的饮料啊！我有一次就按你说的那种方法去做的打算，但一到去网吧的时候，我就会被自己脑子里的那种理念所控制，到最后就变成既然是去网吧就一定要买网吧的饮料了！”

“你这是强迫症？”我低下头踢石子，顺便看一眼自己的影子。

“不是啊，我从不惦记自己外出时有没有锁好门，也不爱捏泡泡袋。”

“那……你这是一种扭曲的、对占有权非常看重的欲望？其强烈程度已经堪比弗洛伊德指出的原欲？仿佛性欲？而且是那种有处女情结的性欲？饮料在你这种思维之下变成了仿佛处女的存在？如果去网吧却没买网吧的饮料就觉得自己……呃，你介意自己未来的另一半不是第一次吗？”

“当然不介意啊，咱们都不是有处女情结的直男癌。可我就是总在饮料这件事上有点儿别扭。”

“好吧，所以，你认为自己在网吧里才有这种奇怪的欲望，这种欲望却不源于网吧或者饮料本身，但你离开这两种元素立马会觉得别扭，而且还得是在你脑子里认为此时此刻是在网吧的时段才会有这种感觉？”

“是的，所以，我感觉自己正在被什么东西给逼疯。”西说完自己还打了个冷战。

“可要逼疯你的到底是什么呢？”

西沉默。

我也打了个冷战。

这一切，发生在我大二那年的暑假里。

太阳公公

打了个冷战……

过日子

电脑的右上角弹出个小窗口，显示一行字：恭喜！明天晴空万里！

自从我把电脑的“杀毒软件加速球”拖到桌面上，每天晚上都会从右上角蹦出这样一行天气预报，还迟迟不消失，非要你主动点击它进行关闭。

无语啊，明明是杀毒软件，天气预报功能做得比杀毒功能都完善！

所以，我那正在运行的Toon Boom Storyboard Pro再一次停止响应了。

不过我没有因此而非常生气，因为自己此时并没有画分镜，只是一边阅读教程，一边在程序中运行相应的操作来加深自己的学习印象。

我是一名大三的学生，其实较真的话我已经算不上大三，因为我已经考完了大三下半学期的期末考试，过了这个暑假，就大四了，但大四毕竟没有真正到来，所以我还是愿意称呼自己为大三学生。是的，我要站好大三的最后一班岗，卖萌的讲法就是：我不想……我不想……不想长大！

我所在的学院是计算机科学与技术学院，现在想来，中国的大学这么多，几乎每个大学都有计算机专业，所以这个专业的学生普遍都很苦逼。

加上我的大学既不是985又不是211，想来竞争力更小了吧。

当然，如果你是编程大神，对C语言、C++，JAVA什么的已经掌握得到了出神入化的地步；或者你是其他专业的，天赋异禀，专业技能最差也是精通程度；或者你在能够养活自己的爱好方面登峰造极，那不管你是哪所学校的，只要你应聘时把自己做出来的东西给 HR 一看，不要你的人一定是脑残。前提是 HR 给了你见面的机会。

说回到计算机，可惜我终究对编程和嵌入式相关的东西没兴趣也没天分，而且自己喜欢画画、动漫以及游戏设计，所以在大三上学期分方向的时候，我毫不犹豫地选择了硬件嵌入式、软件数据库以外的第三个方向——数字媒体。

没有这个选项，当时的我真的不知道自己接下来从完成学业层面讲该干什么了。

简直就是为了我而准备的。

这也就是我为什么在这里研究 Toon Boom Storyboard Pro 的原因。即使如此我还是很焦虑，因为你永远不知道下一刻你还得学习什么，学习多少。

每年 9 月份都是高校开展秋招的时段，我在大二的时候曾经跟着大四的学长学姐们一起去过招聘现场，当时的情景不说是人山人海也可以用水泄不通来形容。只见参加招聘的应届毕业生穿梭于各家公司的接待台之间，投递自己的简历。我仔细观察了一下每家公司的接待台，其实接待台旁边都是放有一个易拉宝的，上面除了大致介绍一下公司的情况，再就是写了都要招聘哪些岗位，需要招聘什么专业的学生，需要招聘多少人。可我看到的是有一些学生逢接待台便会将自己的一份简历投递进去，已经沿着招聘场地投了整整一圈，也不在乎自己的专业到底是不是与公司需要的专业有关系。

当时这件事对我还是有点儿震撼的，最起码我在那时给自己定下了跟生活有关的目标之一：将来找工作的时候，别像他们一样见到柜台就投简历，要让自己有实力，到时候能够主动选择单位，争取待遇也能好一点点儿，而不是希望只要有一个单位肯招收我就行了。

至少，我已经走在自己选择的路上了，内容都是自己感兴趣的和擅长的，但远远不够，我总想深入掌握更多，毕竟有些说不出来的问题，我当时也没想明白。

姑且考研试试吧。

虽然是这样打算，但我在大三上半年整整思考了一个学期才彻底决定下来，自己并不是没有其他选择才考研的。

于是，在大三的两个月长的寒假里，我在头一个月选择留校，参加了一个考研辅导班的英语课程，每天下午上课。因为不考数学，所以我比其他学生轻松许多，他们在上午听完数学之后，下午上英语课就基本没有状态，而我还能精神抖擞地听课。我购买了专业课的相关资料进行复习，还报了政治辅导班，但开课较晚，所以直到开课之前我并没有独自复习政治的打算。

到了大三下学期。

除了考试周，我每天开始规律地作息，上课之余以复习考研为主，每天复习考研的专业课，背考研大纲的英语单词，每周练习考研英语写作，逢周末再进行在校学习的专业课的练习。

这种生活被一直持续下来。

眼下就是大三的暑假了。

这个暑假，我决定回家好好过。

对话 1：文太

这天早上，我没有等到闹铃响便已起床。

洗漱完毕，穿好衣服，确定为了赶地铁和吃早餐而留在外面的零钱数目、身份证和火车票。然后背上背包，拉起昨晚整理好的行李箱，回头再次确认床位没什么落下的东西，便走出寝室，关门，锁好。

今天是我回家的日子，话说这次寝室兄弟里又是我最后一个走。

我还算幸运，校区正大门前就建有地铁站，十分方便；我在高中认识的兄弟薛，如今和我在同一所大学的不同校区，他的校区就没有地铁站，想起其他兄弟，比如西、瑞、铭、HIGH，还有龙、文太他们，则是哪个校区都没有地铁。

噢，笛的大学那儿也是有地铁的，但地铁站和学校却隔了三条街。

乘地铁，到火车站，到小吃店吃二两包子喝一碗小米粥作为早餐。进候车室检票，检查行李物品，在候车室候车。列车进站，进站台检票，上车，寻找座位，放好行李，坐下。

完成这一系列事情的感受，我很小的时候有过类似体会，那次是我第一次收到一支鹅毛笔和一本老式笔记本，然后我就这样用鹅毛笔去轻拂泛黄的纸页。

这次回家的座位很幸运，靠窗；在这一点上我和兄弟薛相似，我们两人都喜欢坐火车时坐到靠窗的座位，只是我的运气比较好，买到的票座位靠窗的次数比薛多不少。

列车行驶过两个车站，文太打来了电话。

文太的学校比我们早一周放假，由于他参加的动漫社团有舞台剧的排练，留校住了四天，尽管如此，他还是比我提前三天回到了家。

我和文太是在学前班认识的，小学的五年里我们同班；初中的四年里我们差点儿同班；高中的三年里我去了一中，他去了二中，毕业后我们上的大学在同一个城市，如今又是三年，我们相识了差不多 16 年。

和我有这么久的交情的兄弟还有两人，西和瑞。

文太是知道我今天回家的，他能够猜得出现在我正在火车上，这时打电话，无非是想聊聊天并调侃一番。

“你还活着啊？”

“不，死掉了，准备回去找你索命。”

“几点到啊？”

“10 点 40 分，怎么，想来接我？”

“我好提前去埋炸药，让你体验一下飞上天的感觉。”

“……你是禽兽。”

“你是畜生。”

“你是变态。”

常年都这样斗嘴，我们俩早习以为常，乐此不疲。

“话说你研究生考试准备得怎么样了？”

“还那样呗，不到考场是不会知道自己的水平的。你呢？要考的工程师认证准备得怎么样？”

“遭老罪了，天杀的电气工程师还要学高数和化学！”

“该。我原本在火车上闲得正无聊，听到这个消息感觉归途一下子棒棒哒。”

“弹指一挥间，你竟已遥远，

沧海成荒野，真情永不灭。

弹指一挥间，红尘已缈远，

青丝蘸白雪，来路生云烟。”

——许嵩《弹指一挥间》

“等你回来后一起出去走走啊？”

“好。”

“嗯，见面聊。”

电话挂断，我拿出耳机戴上，连接到手机，开始一边听音乐一边看向窗外。

记得小时候，爷爷奶奶带我坐火车出门，当时的自己也是坐在靠窗的座位全程看着窗外闪过的风景，只不过是兴奋地要将所有见到的景色都极力地留在脑海里，比如一棵树从车窗右侧出现，移动到左侧，我的头就会跟着从右向左看过去，然后再转回来，如此往复。

如今，我只是调整一个舒服的又不让自己睡着的坐姿，将视线习惯性地置于窗口，早已不再真正关心窗外的风景。我对风景不感冒，是因为在火车上看风景的习惯已经被我“杀死”。

将播放模式设置成单曲循环。

停在哪一首？

噢，是许嵩的《弹指一挥间》。

这样挺好。

不论是在车上的归途，还是在青春的岁月，或是走完人这一辈子。

不过弹指一挥间。

对话 2：薛

手机音乐声逐渐隐去，来电铃声愈发清晰。

“喂，特务啊，啥事？”特务是薛的外号，我们刚入高中军训时由于他站队时站错了班级，回到我们班的队列之后就多了这么个外号。

“问候问候你，腥风血雨的考试周结束了，你的声音里咋没有一丝喜悦呢？”

“考憋屈了。”

“反正我不用惦记那个，这学期我们多轻松，都放假半个月了，你们才考完期末考试。”

“但我们开学的时候头两周做了课程设计，也没上课，也算是放了半个月的假。”

“那可不一样，开头的安逸和结尾的安逸效果是不同的。”

“反正都过去了，没啥大不了。”

“话说这次六级你能不能过啊？”

“哎呀妈呀！你一说我才记起来，咱们考完六级了！”

“你裸①了吗？”

“裸了！你呢？”

“必须裸啊！”

“能不能过啊？”

“过啥啊过，你能过？”

“过不去啊，咋整啊！”

“那你没招，再考呗！”

“不过我还是给自己立了 FLAG。”

---

① 裸，即“裸考”的简称。指没经过任何准备就去参加考试。

“怎么立的？”

“我跟寝室兄弟们说了，这次六级不过我就直播吃翔！”

“够狠！那你的室友支持你吗？”

“……那帮没良心的直播频道都帮我申请好了！”

“恭喜，幸亏我境界高，不在乎那些烦心的东西，我还是在家舒舒服服地享受暑假吧！”

“现实问题还是要考虑的，比如将来过日子的花销什么的。”

“咱们好歹还能在自己的爱好和兴趣里面选择工作的方向，已经不错了。”

“嗯，不过我想好了，要是将来我真的有很多很多钱……”

“听着呢，你有什么打算？”

“首先当然是好好孝敬父母！接着，我要买一个大房子，房子里面有一个房间专门留给我画漫画用，配上最好的台式电脑和超大显示器，高分辨率扫描仪，不买数位板，买数位屏！顶配的Wacom！我在网店上看到那个大宝贝的时候都要流口水了！还要有一个房间专门放我的手办和高达！然后弄两个书房，一个放正常的书籍，一个专门放漫画！再去日本拜访宫崎骏老爷子、细田守老师和新海诚老师，跟他们学习怎么创作出好的动画电影！可惜今敏老师已经不在了。组团队！做动画电影！请许嵩、华晨宇和周深唱主题曲！然后回来刺激刺激我们寝室的其他兄弟们，他们不都是学编程嘛，所以我要买他几十台最贵的笔记本电脑排成一排！不玩游戏，编C语言！全装上Code::Blocks①，一台笔记本上只敲一行代码！你说他们得多羡慕嫉妒恨！设想一下，到时候将一排电脑各自显示的一行代码连着读，才是一个完整的程序，比如第一台，就输入‘#include<stdio.h>②’剩下的以此类推，什么主函数，什么指针，什么while循环for循环，老子有钱！就！是！任！性！怎么样？我的计划很好吧？”我说出这句话的时候，语气像极了李幼斌老师在《亮剑》中扮演的李云龙。

原以为薛会做出些例如“不错，你还可以买一台iPad当砧板用来切菜”这样的评价，没想到薛却站在另一个角度开口。

“哎呀我的天，知道你的这种计划像什么吗？就好比你规划好了自己中了10亿元之后的一切，眼下就差买那张必中10亿元的彩票了。”

---

① Code::Blocks是一个开放源码的全功能的跨平台C/C++集成开发环境。

② #include<stdio.h>是在程序编译之前要处理的内容，称为编译预处理命令。其实编译预处理命令还有很多，它们都以“#”开头，并且不用分号结尾，所以是C语言的程序语句。

我应该优雅地直播吃……？

“……别说 10 亿元了，中一次 3000 元的奖也行啊，好歹够四个月的生活费了，我很省的。”

“那你这段时间真的买过彩票吗？”

“没有，我自从中了 5 元之后就再没买过。”

“咋不买了呢？”

“留着中奖的运气过六级呗！”

“啊！对了！你到时候直播的频道号是多少？”

“……”

对话全程无视周围的乘客。

我快要到家了。

有时，回忆就像是淬了毒的刀子，让得你防不胜防，而一旦被刺中，却又有着一种血淋淋的快感，可是，若没能及时从这快感中清醒，便会慢慢死亡。

死亡。

把回忆丢进海里，毒使海水变黑，总有黑色的海浪不断冲着你奔袭而来，就像要带走些什么

而到了涨潮与退潮时，又没那么可怕了。

有人说这黑色的潮
不是来害人的，而是来救人的。

夏

北方的夏天就像一个喝醉酒的将军，手拿着长刀，骑在怪物一般的坐骑上，带领千军万马。

他奋勇杀敌，身先士卒。

这在我眼里是件好事，因为我小时候看过的一本书上写的是：“所谓将军和将领就是想办法让双方打起来，然后自己兴奋地躲

不想当将军的士兵不是好士兵！不过，你们的将军永远是我！谁都别想抢走我的位子！

——夏将军

在一旁偷看。”

好在我们的将军并没这么做，只是他开战之前给自己灌了不知道多少酒，结果在他横冲直撞的同时，也会将自己手下的小兵连带着砍翻在地。

年年如此，我们也习惯了“夏将军”的每一次到来，他总是热血沸腾地大喊：“该打仗了！我们要建功立业！我们要青史留名！我来带头！你们跟上！你们要为我，更为了你们自己，打造出一片光灿灿的天下！”

开战。

“杀！杀！杀！”

他喊着。

“杀！”

“杀！”

“杀！”

我们这么喊着，心里却在犯嘀咕。

……

后来我们都不知道自己在干什么了，总之，先找点儿动力拼红了眼就对了。

也许青春注定要兵荒马乱，南征北战。

到我们的青春逝去的那一刻，也许可以这样形容：“青春小兵们”浴血奋战，最终舍生取义，捐躯疆场。

听起来还挺悲壮的。

但我们这些小兵貌似忽略了一个问题：我们跟随“夏将军”年年征战，可我们的敌人是谁？或者说，我们每次都打谁了啊？

“夏将军”来的时候，已经开战了。

战斗进行的时候，我们就忘了这个问题。

战斗结束了，我们再想起问题时，“夏将军”已杳无踪迹。

带着他因酒醉而误杀的小兵们的命。

兵

我瑟瑟发抖。

呜，呜，不打了，我不打了，我打了多久了？我不知道。

我只记得逃跑时天是红的，草是蓝的，云是黑的，我已经分不清哪是云哪是烟，连太阳都变成了黑紫色。

害怕的……

到家的第三天。

突然怀念起学校门口早餐亭卖的皮蛋瘦肉粥。

不过在家每天早晨能吃到煎蛋，对于喝不到皮蛋瘦肉粥也算是一种弥补。人有时就是这么容易满足，某种事物缺失后马上又能找到替代品。而终归有些是无法被替代的，就称之为伤痛。

在书桌上晾一杯白开水，从上午开始阅读自己考研的专业课教材，吃午饭，下午则继续阅读教材和学习英语，到了要吃晚饭的时候，便放下书本，开始上网或者画画，吃完晚饭之后出门散步，回来继续上网或者画画，睡前读几页与学习无关的书籍，如小说、散文、杂文啊，等等。天天如此，希望一直这样。

事先已告知兄弟们自己哪天是休息日可以外出游玩，这并不是自己要大牌，而是真的需要时间。

我的房间很小，夏日炎炎，开窗能凉快些，可偏偏自己房间的纱窗坏了，白天傍晚窗户都不敢大开，白天开不了一会儿窗台上便都是灰尘，傍晚开不了一会儿就会有蚊虫飞进来。

其实我不怕蚊子，但十分畏惧蛾子，尤其是大蛾子，当我在网上看到乌桕大蚕蛾的图片时，顿觉毛骨悚然。

除此之外，我还害怕毛毛虫和蚰蜒，开窗的话，说不定它们也会爬进来。

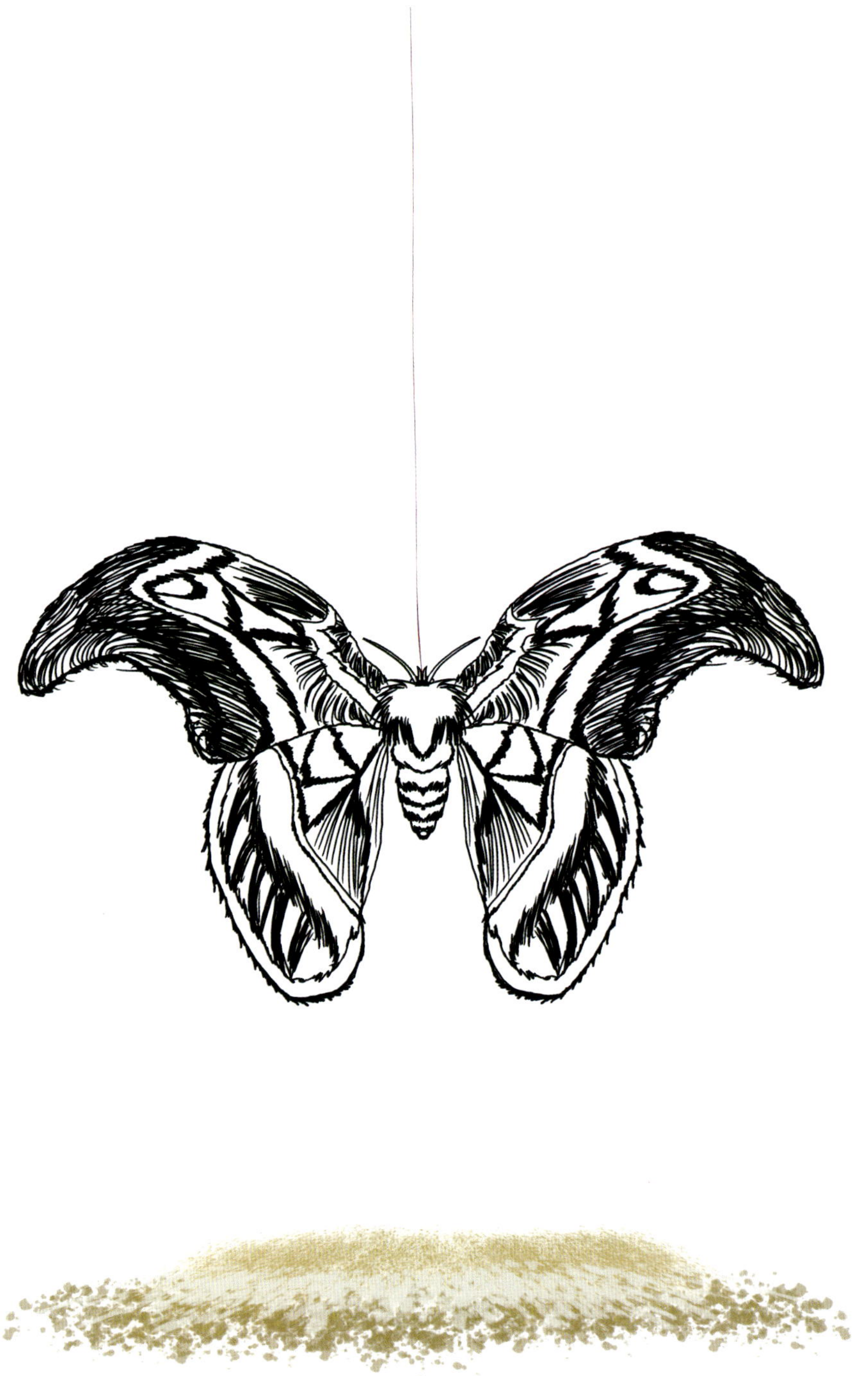

乌桕大蚕蛾的标本我还想考虑收藏看看……

梦见过这种情景，幸亏不是我自己的脸。

但目前还是安全的。

晚餐是豆角炖马铃薯，晚上出门选择去运动场走圈，看到一群大妈在跳广场舞，背景音乐是《小苹果》。

回来后喝一杯冰镇的可乐。

睡前看书，村上春树的《世界尽头与冷酷仙境》。

夜鬼[1]到底长什么样子?

① 夜鬼是村上春树小说《世界尽头与冷酷仙境》里出现的生物。

插曲：逃、害怕窒息

铭在整理自己的东西，他想要一个人静一静，不是简单地出门在一条安静的小路上行走片刻或是到一家安静的小店呆坐一会儿，而是那种离去，远走高飞的离去。去哪里，他也不知道，但是一定会是一个没有熟人的新地方。

可是他将东西整理好之后，却没有决定该什么时候出发。

他收回思绪，暂时团成一团，塞回脑子里。到了下午，咬咬牙，将几张纸装进信封，写好地址之后到邮局寄了出去，在去邮局的路程和从邮局返回的路程中，他尽量放慢步子，让自己走慢点儿，就这样办一件事用了整整一下午。

他回到家，没吃晚饭，直接换上穿起来最凉爽的运动服，下楼，走出单元门的那一刻，便开始跑步，一直跑到运动场。他是从南门进入运动场的跑道的，此时正是人们吃完晚饭纷纷出来散步的时段，可他什么都没想，什么都没想。

自己的灵魂已经被要离去的念头和寄信出去的疯狂破坏殆尽了。

他多希望此时能下一场瓢泼大雨，可惜今天是个大晴天，傍晚的夕阳散发着光芒，天边是一大片的火烧云。

铭觉得夕阳就是在讽刺自己，火烧云简直是从天边延伸过来的帘子，将自己的脖子缠住勒死，再卷上天，狠狠地抛下来。

变成今天这样，不是别人的错。

他好像觉得火烧云正对自己的脖子虎视眈眈，等待着时机从天上来个出其不意。

他要逃。

所以他更加疯狂地跑步，跑累了就竞走，觉得身体缓过来了就再跑。

总之一刻也不敢让自己停歇。

天渐渐暗下来，要杀掉自己的凶器已经不见了。

他直接坐下，大口大口地喘着气。

不去擦脸上的汗，他靠着栅栏，看向远方。

“身体就快要爆炸！”

——华晨宇《拆弹专家》

铭即使运动到灵魂扭曲也不愿在当时停下。

我与铭

吃罢晚饭，我稍作休息，便出门散步。

到家的第八天。

白天的安排一如既往，只是原本打算每天傍晚出门散步都去不同的地方，可惜我们这是个小城市，没那么多地方可以去，所以这几天散步都是去市里唯一的运动场。

出门时天色已稍稍暗了下来，到达运动场的时候，那里依然有很多的人，除去从不缺席的广场舞大爷大妈们之外，还有附近高中逃课出来打篮球的学生；陪小孩子的家长们，他们的孩子此时正在一个很大的充气城堡里面玩耍；也有打羽毛球的中年夫妻；以及走圈和跑圈的健身者。

我这么说似乎有不妥之处，好像其他人都不是健身者了似的，可自己还真的是这样觉得的。

走进环形跑道，我眯了眯眼。

唉？那不是铭吗？

他正往这边看，一开始没看到我，我也没做手势或者叫喊，径直地向他走去，没走几步，他目光的焦点开始向我集中，浅笑一下。

我走到他身旁，坐下，此时我才发现，他全身的衣服几乎被汗水浸透了，我的天，他是运动了多久？要是我能够天天坚持这种程度的运动的话，减肥岂不是轻而易举？

我决定回去后重新思考一下跑马拉松的问题，一个月……跑一轮试试。

铭先开口："没想到你回来之后咱们是这么见面的。"

我答道："是呀，还是被我看到你湿身的样子。"

“这些天都干什么了？”

“看看书，画画图，听听歌，写写字。”

“远、城、特务、劲、龙都回来了，斐和泽也快回来了，博和维还未知。”

“我觉得这次他们都会回来的，毕竟大家心里都明白，这个夏天一过，以后真的是想回来都难了。”

“还有一个人。”

“嗯？”

“雨，她也回来了。”

“……”

铭是知道我喜欢雨的极少几人之一。我没和任何人讲过，而这几人是自己猜出来的。铭在一次只有我们两人喝酒时向我求证，我没回答，一切尽在不言中了。

“那又能如何，我已看了你的结果。前车之鉴，后事之师。”

“哈哈，知道吗，我如今还会想起自己和她在上课的时候偷偷看小说的时光，我们两个人各看一本，下课了就互相说剧情，说不上来的人要请客吃东西。我看她那么瘦，有时好心疼，就故意说没记住，然后就有理由给她买好多好吃的。”

“现在是怎么觉得的呢？”

“那时的感情很纯粹，也的确很脆弱、很幼稚，若是放到现在的话，一定会考虑到生活因素什么的，比如说住房的消费、赡养双方的老人、教育子女、处理工作上的问题，以及面对社会上的应酬。”

“但你和她之间，不是你的错。”

见铭瞧着我，示意我继续说下去，我耸耸肩，继续开口。

“我觉得现在很多人反对早恋，一方面的确是因为未成年人心智不成熟，问题考虑得不够周全，另一方面嘛……难听点儿讲的话，他们完全没有资格去恋爱，因为到时候一切的花销，不，应该说即使不谈恋爱的话，最基本的能让自己活下去的一切物质资源，都不是自己获得的而是父母给予的。未成年人吃父母买的粮食，穿父母买的衣服，花父母的钱读书，再扩展一点儿，花父母的钱去网购，花父母的钱去 KTV，到花父母的钱谈恋爱，我真的觉得这样的生活不合适。”

“可咱们谁都是啊，在网店买过东西，毕业时大家一起去 KTV 什么的。”

“所以我说恋爱本身是没有错误的。我觉得读大学让我成长的一点就是意识到了自己多渺小，最直接的就是物质上的体现。小学时对于花父母的钱我没觉得什么；初中时母亲托关系送我去了一家婚纱影楼给客人照相锻炼了一天，6 卷照片，一卷大约 50 元，婚纱影楼总共付给我 300 元，可这件事过去后我就没再放在心上；高中知道节约了，但除了学校和家两点一线，还真没有什么其他用钱的地方；直到上了大学，自己和双亲分开，所有的经济来源都要靠父母在后方供给，哪怕自己打工和得到奖学金，还是不足以负担学杂费和生活开销，才从骨子里意识到钱这东西是多么来之不易。设想一下，要是脱离父母的资助，我们能活几天？其实父母的义务只需要抚养子女到满 18 岁就可以。”

“结果咱们都过了 18 岁，多数情况下还是在用父母的钱过日子，对吧？有时候觉得自己真的挺没用的。”

“意识到自己多渺小，也是好事。有些人以为自己是世界的中心，结果得不到想象之中理应受到的关注，就开始失去了自己的节奏。殊不知做好自己才是最重要的，能让自己全心全意地投入一件事，就不算失败，若那件事还是你想做并喜欢做的，那就是成功了。所以，我记得大一刚开学，辅导员给我们开新生动员会时，有一句话是这样的：‘呵呵，大学里谁管你啊？你以为你是谁啊？就得自己管自己。’当时我听到那句话，就觉得这样子的生活真好。”

“倒不如说你真正喜欢的还是自由。”

“活着，是运气；获得，是交易；自由，是追求。我还记得你高二时和我说的话。”

“我也记得。我说，虽然我们分手了，但理智依然清楚地告诉我，要感觉到幸福，因为我的身体没有残疾，我的家人平安健康，我还有一些能够同甘共苦的兄弟，睡着后在第二天还能够醒过来。这是幸福的底线，是自己最后的避难所。”

我朝他伸手，他心有灵犀地将手机递给我。

我将手机里的记事本打开，输入一些文字。

“这些都是什么？”

“歌单，推荐给你回去听听的。几乎没新歌，不过现在的你很适合听这些。”

等我打完字，他拿回手机，端详起来。

我给铭列的歌单内容如下：

Queen　*Another One Bites The Dust*

SPYAIR　《サクラミツツキ》

Aimer　《星屑ビーナス》

Lia　《鳥の詩》

DEEN　《君さえいれば》

M2U　*Quo Vadis*

朴树　《平凡之路》

我想从心里看清自己拥有的东西，去触摸去感受它们。

歌单的种类有很多。

“知道吗，那时候咱俩在广场上，月光照在你身上，你说出这些话，我觉得那时的你比恋爱中的你帅多了。”我开口道。

“现在更帅啦，”铭站起身，拍拍衣服上的尘土，“我要走了。”

“你先走吧，我再坐一会儿。对了，这个暑假我打算弄个小聚会。”

“知道了，奉陪便是。”

铭伸了个懒腰，离开了。

我目送他走远，同时感受着夏天傍晚的风。

晚上在家继续倒了一杯冰镇可乐，一边喝一边画画。

睡前看书，韩寒的《一座城池》。

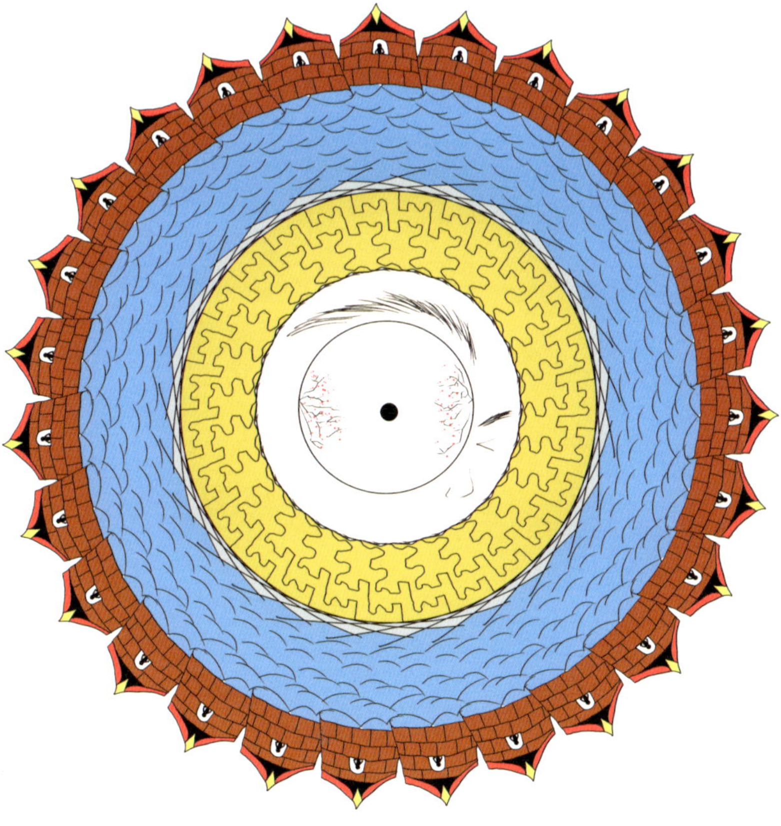

一座城池里到底有什么？

请无视此章节

“您所指定的人的思维已调出，接下来系统将在录入您记忆的同时对你们双方进行记忆混淆。”

首先，得想想小孩子的语气，是怎么说话和叙事的……OK，我们开始。

我曾经是个“好学生”，多数人认为的那种，传统意义上的“好”。

小时候，我对老师和大人们的话言听计从，上课专心听讲，积极举手回答老师的问题，考试力求得高分，争取名次在前面，要是分数下降了，即使没什么大不了也要逼着自己哭鼻子，其实我自己心里对这些东西没那么重视。

我十分相信当时老师给我们灌输的思想：你们一定要好好学习，考上好大学，用优异的成绩回报父母老师！这样才是好孩子！记住没？要是考试考不好，你们就废了！将来你们就什么也不是！就等着蹬三轮捡破烂扫大街去吧！

我非常尊重各行各业的人，职业是不分高低贵贱的。我也不知道为什么老师要拿这些人来吓唬我们，其实真正可怕的是说这些话时的老师，和平时笑眯眯的和蔼模样截然相反。

毕竟小孩子总是容易被唬住，我理所应当地害怕了，怕自己废掉，怕自己将来什么都不是。老师就是要这种效果，我们一害怕，他们的目的就达成了。

所以为了“学习好”，说白了就是为了考高分，我逐渐放弃了那些曾经喜欢的东西，比如看科普读物和童话，比如自己最喜爱的画画。

“你拼了命想让自己融入体制，迎合应试教育，应试教育理想的孩子是什么样，你就要让自己变成那样的孩子中最标准的一个。”

于是，我开始得高分，开始名列前茅，开始因为考试获得奖状和证书。

“当一个人在他人的规矩里习惯并尝到了甜头，然后连自己也开始相信的那一刻，事情就很可怕了。”

是的，我开始习惯老师和家长的夸奖，开始以为自己只要能考高分，就能一辈子顺顺利利，就能获得大家的尊敬，就是世界的中心。

可我这一路并不快乐。但我意识到这种想法好像挑战了老师的权威思想，所以我告诉自己：你分数那么高，学习那么好，为什么要不快乐呢？

教室黑板上面贴着的是团结、紧张、严肃、活泼，我们班团不团结？还行吧，流动红旗我们争得挺拼命；紧不紧张？还将就，期末之前大家都愁眉苦脸的；严不严肃？差不多，教委领导来听公开课大家都一脸严肃。活不活泼？不知道！我当时只能告诉自己：活不活泼已经不重要，有分数就有一切。你是快乐的，不快乐也要强迫自己快乐，不论你是否真的快乐。

直到某一天晚上，我做完一套数学卷子后，突然想起来自己很久都没画画了，我颤颤巍巍地在演算纸上画了一幅画，看着看着，我突然将它团起来扔掉，怎么能画画呢？！学习的时间用来画画，这是“犯罪”！

我开始放任自己被这样的日子牵着走了，也许独立思考真的没什么用？考考试得得高分这样的日子过下去不是挺好的吗？

至于其他的，事不关己，高高挂起。逐渐地，即使老师不再跟我们说那些吓唬我们的话，我也开始给自己洗脑了：画画是犯罪，听音乐是犯罪，跟考试无关、跟做题无关、跟分数无关、跟名次无关的东西，都是犯罪！锻炼身体做什么？锻炼好了将来蹬三轮？放松身心做什么？切，有那工夫还不如好好看看年级的排名。再说了，解解数学题，做做练习册，背背高分作文，这不都是放松吗？未来规划无所谓，先考好试再说。

直到某一学期，我的期中考试成绩是全班第一，我当时觉得一切都应该顺着我设想的发展下去，可是事实偏偏不这样。

期中考试后的家长会，是我和父亲来参加的。我以为父亲能够很重视，高兴且光荣地做准备，结果他中午和朋友喝了酒，下午来到家长会现场，勉强睁着红眼睛听完了班主任的开场白，就睡着了。原来我考得怎么样，在他眼里一文不值，也许儿子考了全班第一，在他心里还没有一杯酒重要。

“你逐渐意识到分数并没有你想象中那么重要，真的，尤其是当发现自己除了会考高分一无是处的时候，你的世界会轰然崩塌。你会发现，越往后，你的设想与现实的偏差就越大，你能左右一件事的能力就越小；直到你走出校园，进入社会，现实和你的设想比起来，面目全非。”

是啊，全部都是幼稚的虚荣心和优越感让自己迷失后的臆想。

倘若自己再傻下去、固执下去，都有可能变成当代的堂吉诃德。

这就是目光短浅的下场，失去自我的后果，幼稚的惩罚。

我开始不安和怀疑自己，成绩好不是代表一切都好吗？

那学期的期末考试，我发挥失常了——班级第九名。

看着一些学生幸灾乐祸的表情，我觉得自己平时对他们付出的善意都是白费的，原来他们一直在等着你失意的时候或是嘲笑或是落井下石。

我也意识到出了问题，想跟信得过的大人沟通，他们却对我摇摇头，唉声又叹气：这孩子完了。

我想起了家长会时的事情，连带着也想起了很多同学在学业和生活方面类似的种种遭遇。

原来，要靠自己，是这么一回事。

接下来就像你所说的，越往后偏差越大，我更加觉得一切都背叛了我自己。

直到一天，父亲母亲都不在家，家里没有人做饭，我又不想出去吃，于是我决定自己做饭吃。

但我的动手能力实在太差了，做饭过程惨不忍睹，最后只炒出一盘黑乎乎的东西。当我精疲力竭地把锅里的东西盛出来放到盘子里，我都不忍心看厨房被自己弄成什么样子了。

但把这一盘东西端到饭桌上时，我还是取出勺子，吃了起来，因为实在是太饿了。

嚼着嚼着，我突然想大哭一场。

“因为你意识到自己变成了没有自理能力的书呆子，可世界上多的是成绩好又厨艺好的孩子。”

也许自己找到了问题所在。

我一直在盲目地乐观着，一直以为只要考出高分自己就无所不能。

我就是个活在幻想之中的傻子，所以做了许多傻子才能干出来的事情。

我没有抱怨大人们在教育方面的片面，只是懊恼自己为什么不成熟一点儿，不多思考一些，而是幼稚地一厢情愿地去相信。

我以为自己一辈子都能在分数的光环下，却不知这一套只适合象牙塔。

我以为考高分就能即使不阅尽千帆心智也会变得成熟，以为考高分就能没有柴米油盐的烦心琐事，以为考高分就能避免生活中的酸甜苦辣，以为考高分就能阶级跨越，在社会中生存得一帆风顺。

想得真美啊。

就像此时，我物理和化学能接近满分，可是我连一盘菜都炒不好。

还有一件对我内心触动很大的事情。一年寒假，有一次我和母亲出门，回来时带了些冷冻的肉放在行李架上，结果路程到一半的时候，冻着的肉化了，血水从行李架上滴下来，滴到了邻座一个妇女的貂皮大衣上面。

当她发现时，气炸了，她带着她丈夫，指着我们母子破口大骂，让我们赔偿那件价值几万元的貂皮大衣。

我能怎么办？跟她说我是好学生，我考试分数很高？这样就能解决问题？只能说软话，赔不是。

车厢的乘客们始终冷眼旁观，而我自己始终没停下点头哈腰。结果是那对夫妻一边嘴上“问候”着我的祖宗十八代，一边收下了我们赔偿的 400 元清洗费。

我的作文分数一向不低，可是我和那妇女的丈夫商榷时却不知道该说什么。

那天我们到家之后，夜里我狠狠地扇了自己两个耳光。

我终于彻彻底底意识到，分数和名次不能代表一切，别再自欺欺人了，自己心里早就知道的。

“人情世故，社会江湖。”

我感觉到，自己长大了，该认清现实了，该从一定程度上帮双亲支撑起这个家了。

我也明白过来，一味地相信别人，不撞南墙不回头，撞了南墙学阿 Q 安慰自己，再补上一句“吃亏是福”，不如从一开始就试着相信自己，先听听自己内心的声音。

我也察觉到，也许有的人可以干一行爱一行，对这些人我又佩服又尊敬，但我做不到。在大方向上，我要做也只能做自己喜欢的事情，这是我自己的问题，因为我自己有这样的“毛病”，所以我要问问自己的渴望和热爱是什么。做什么事情要先经过自己的考虑，别人说的和做的，那些经历和道理终究是别人的，只有自己得到了才是自己的，所以别人评价说有用的东西未必对自己有用，别人评价不好的东西也未必就不适合自己。不要总是自愧不如，也不要总是恃强凌弱；弱者不可欺，强者不足拜。要思考，独立地思考，做事情要有自己的选择，比如大学的专业和将来发展的过程，等等。

我开始知道换位思考与同理心的重要性，也意识到一切都是多元化的。这个世界的人不是非黑即白的，这个世界的事情不全是非黑即白的。感性理性缺一不可，凡事有度，自己的言行不要影响别人，也别随意站队和评价别人的人和事，未经他人事，莫劝他人善。

相当长的一段时间里，我一直反省，反省自己是从什么时候迷失的，是从什么时候走火入魔的，如今自己的缺点在哪里，自己的长处又在哪里。我开始抛弃别人给我规划的道路，抛弃人们眼里公认理所当然的道路，抛弃世俗的成功和优秀的定义，走自己的路，做自己的选择，以及清楚地意识到：我要如何做，要面对什么，要承担什么样的责任，可能付出什么样的代价。

从那之后，我忽然放下了很多在别人眼里公认很重要的东西：

不再起早贪黑地做练习册，不再担心分数和名次，不再忧心忡忡地害怕自己考砸了而让自己在别人面前抬不起头来。

“好样的，因为你得0分，地球照样转，电视剧照样演，北漂依然很难在京扎根，中国足球队依然常年得不到大力神杯。”

如此一来，我将多出来的时间用来做自己喜欢做的事。

我开始读一些有趣的书，扩展视野和思维；我开始重新画画，画画能够让我开心和安心，哪怕痛苦时也是最好的慰藉；我开始培养生活技能，洗衣做饭，缝缝补补，以及干些其他家务杂活；我开始锻炼人际交往和沟通能力，提醒自己不忘换位思考和有同理心及共情的重要性。

我并不是全盘否定自己在学校受过的教育，只不过认为一味地听课、做练习册和考试，循环往复，即使进步那也不叫学习，而是备考。我的出发点更加侧重于生活应用了，被认为在将来走入社会也能用到的知识，我都在储备着。至于其他的，自己不再劳心劳力去刻意掌握好，顺其自然吧。

如今我在这些方面的能力依然不强，但过去的我是不具备这些能力的。我感觉得出，现在自己的成长是从前的自己无法相比的。

我领悟到学习不是为了考试，考试分高也不是学习好的唯一标准，社会可不是考个试得个高分那么简单，这只是象牙塔里的游戏，而学习更应该是人贯穿一生的重要习惯，从学校到社会，方方面面都需要学习。哪怕是微小的进步，好比你知道了一个电脑作画时笔刷的参数，是学习；你知道了一个应急自救手段，是学习；你知道了一种能让你在烹饪时不那么累的新的切菜姿势，这也是学习；新知也分好多种，你若是没弹过吉他，而在某一天能够弹奏《两只老虎》和《小星星》，就算只是学会了“53231323”，也值得高兴和好好庆祝一番。

当亲自制定了目标并且得以实现的时候，我心中的喜悦和成就感无与伦比，即使这个目标只是件微不足道的小事。

人的一生很短，所以我要尽量过得精彩一些。人生会遇见很多不好的事物，更会遇见很多美好的事物，过去有，现在有，未来更会有。当想明白了这点，我再回顾自己的这些经历，它们又算什么呢？好事没什么了不起，挫折能让我更强大，当它们都成为我记忆和阅历的一部分之后，即使人生很短，我也能在当下对自己说：我的人生，还有那么长呢。

此外最让我开心的是，我能够注意并欣赏到身边美好的事物了。

我能够在身边的人有闪光点的时候，由衷地赞美和佩服他们。

我能够在心情低落的时候注意到并享受蓝天，享受阳光，享受音乐和美食。

在别人对你展示善意或施以援手的时候，要心怀感激。因为普遍情况下，陌生人之间互无恶意也互无善意才是正常的。过去释放恶意是需要理由的，例如互相之间有利益冲突或者生活矛盾；可是随着网络的发展，释放恶意已经完全不需要理由，而释放善意多数情况下是需要理由的，一向如此。因此，如今不需要理由的善意是多么珍贵和美好啊。

“说说吧，你为此付出的代价。”

理所当然的，我的考试分数不再高，名次不再靠前，尤其是高中阶段，自己所在的是重点奥赛班，竞争异常激烈，所以备考不那么拼命的自己自然总是处于班级倒数的名次。

可我懂得了真正的快乐，同时也意识到快乐并不是别人给的，而是靠自己寻找或制造的，况且如今对多数人来说，连快乐都已经变得很难得了，包括我。

其实，快乐就是成功。

“和当时的你类似的人应该也有很多。”

所以后来当看到一些学生盯着排名榜和成绩单摩拳擦掌还心心念念只看重分数和名次时，我笑笑走开了。因为人外有人，天外有天。那些真正厉害的人，学校教的东西他们会，最可怕的差距在于，他们掌握了太多学校教不了的东西，不仅拥有除了应试以外其他方面的素养或积累以及知识储备，还拥有远超他人的社会资源和家庭背景，所以总有人能碾压“同龄人”甚至“高龄人”。说句残酷点儿的话，如果局限在这个备考的小圈子里，或者说到任何一个圈子里，天天只是比啊比，是永远都没有头的，结果也是注定让你失望和崩溃。因为总有人会比你强，条条大道通罗马，但有的人就生在罗马，更多残酷的话我就不多讲了。况且为什么一定要是罗马？不同的人目标不同，你心中的“罗马”和他心中的“罗马”本就不一样，还有的人向往的是其他地方——“北京”“埃及”“夏威夷”“希腊”“维也纳”……当然这些地名都是比喻。

“比只相信考得好就能阶级跨越更可悲的是，亲眼见到阶级差距时的那种无力感。我记得自己听到过两种声音：我十年寒窗，为什么不能成功？可别人努力了三代，凭什么输给你十年寒窗？想来两种声音其实都有一定道理。”

所以我说这个世界的事情不全是非黑即白的，而是很多元的，不能说全对也不能说全不对。竞争可以存在，只不过不能刻意地去比，谁想要阶级跨越都没人拦着，只不过它并没有那么容易。很多学生事先听了老师和家长的话，并把这些话作为铺垫，考着考着就想当然了。其实，考高分读名校，与功成名就阶级跨越并没有必然联系，这若是成为执念就太可悲了。不仅是追求名利和阶级跨越的执念，还有对于努力的执念。有些人觉得考上了研究生就能坐等学位证书，觉得找到工作就可以坐等月薪上万，生活多难啊，可他们的认知好像在电视剧里，似乎磨磨蹭蹭着就什么都有了。之后有人跟我吐苦水说自己每天很努力为什么不值得更好的，我直接说你并没有很努力，你身边的人每天都和你做着同样的事情，你的每一天都很普通，一点儿也不出类拔萃，如果你觉得自己确实很努力，那可能是你能力不太够，需要比别人付出更多才能做到普通的水平，这不是努力，是费力。

“事前一厢情愿，过程自我感动，一直自命不凡，以为理所当然。”

也许是因为他们混淆了目标、理想、梦想和野心，把理想当目标，把梦想当理想。这样付出和回报自然不会对等，因为付出的量级就是错的。另外一个比较残酷的点就是：我们都是普通的人，并不是天才。而很多人往往被一些鸡汤蒙蔽，以天才为前提审视自己，按照天才的规格为自己制定计划和目标，结果自然会很惨，然后感叹怀才不遇、命运不公，其实他们忘记了我们都不是天才这个大前提。当然我也没说普通是不好的事，所以我给普通又分出平凡和平庸。拒绝平庸，不当行尸走肉；享受平凡，要让每一天过得有意义。我十分享受平凡的生活，做好自己的每一件事，每一天都过得很平凡，也不出类拔萃。来了机会就顺其自然，不管结果怎样，问心无愧就行；没有机会就继续过好每一天，认真过生活，善于享受生活中的小确幸，这一生波澜壮阔或者波澜不惊都欣然接受。知道自己该做什么，知道自己该怎么做，知道自己到底能做到什么程度，以此为前提，在平凡的生活中追求快乐和幸福，找到自己存在的意义和价值，知足地知道我们都只是平凡的大多数。

这些话只是我个人的观点，听起来也许很“丧”。

我愈发尊敬每一个不好高骛远、脚踏实地去奋斗的人。因为他们中有很多人也意识到了这种种差距的存在，知道自己的水平和极限在哪儿，但并不会气馁和认输，反而会用加倍的精力和毅力，去弥补先天或者客观因素造成的差距和不足。只不过我更向往在此基础上，还能自己做出选择，坚持自己的道路、梦想和热爱的事业。

这些人的共同点是：永远心怀希望，这份希望是基于对生命最纯粹的尊重。

“所以，不要再想着怎么和别人比，不要追求别人的全优评价，别让别人的眼光和话语影响你。只要是自己选的，不论是平凡还是拔尖都没关系，每个人都是独一无二的，开心快乐地做好独一无二的自己，就已经成功了呀。看来，你已经找到属于你的生活密码了。”

是的，我活得更简单纯粹了，和自己热爱的一切在一起，避免冗余社交和虚情假意。

心情不好的时候，没必要强颜欢笑，更没必要费心思带动气氛或者让别人笑。在保证客观情绪管理的前提下，想笑就笑、想哭就哭才最痛快。

尤其是这几年，我的“朋友们”在经历了各种各样的事情后被时间过滤掉了一群又一群。

现在这些——和我感情依旧，和我同甘共苦并肩作战过，没有因为“大人们”的干预而改变，没有因为物质财富和社会地位而变质，经历酸甜苦辣后能一起大笑，一起愤怒，一起流泪，直到我们都变成了大人的兄弟们——是我最珍贵的财富。

“您的记忆已经录入并保存，并且已经登记您本人的姓名以及能够提取该段记忆的姓名，稍后进行混淆和封装。请先提供一下以后权限拥有者读取该记忆的客观条件。”

“好，条件是，我的死亡。”

人、夜、鬼

夜已经深了，这条街的路总会显得很诡异。

白天里象征着城市繁华程度的楼房，此时却给人深深的恐惧。

生活中与人联系越密切的东西，越能给人带来恐惧。

好比对于白领而言，若是将一张降妖状的符纸放在他面前，他会嗤之以鼻，并且嘲笑你封建迷信装神弄鬼，倘若对他说：“传言 OFFICE 有点儿邪性，不太平，你今晚去加班。”

如此他的加班过程就会变得挺难受的，因为OFFICE 的关系。

这也就说明了为什么人们对于那些科幻电影里面的恐怖生物，比如异形食人花什么的，看完还会觉得过瘾觉得爽，而对于大白鲨则会心里有一丝的惧意，因为这玩意就实实在在地生活在我们所居住星球的海洋里。

远处传来清脆的玻璃破碎声，还有回音。

我想起了文太说过他最怕的就是人形的鬼，所以他从不看各种有人形的鬼出场的电影。

也许是由于今夜失眠的原因也未可知，我索性不开灯，直接裹着被子，从床上坐起。床是靠着窗户的，我便掀起窗帘开始观察外面的街道，于是看到了刚才的一番景象。

除此之外，没有人，也没有车辆。

我摇摇头，放下掀起的窗帘。

将笔记本电脑打开，正好想起放假前就下载好的恐怖片没有看，不如趁现在把它看完。

这是有人形鬼的恐怖片，我看的时候并未觉得哪里恐怖。

大约看到全片三分之一的部分，我感觉到了困意，便关了电脑躺下。

梦中，我和一个穿红衣服的男人下着象棋。有人说梦中的一切都会被认为是理所应当的，我赞同这句话，因为我在现实生活中并不会下象棋，“马走日象飞田”这些规矩倒是知道一点儿。

我和他下象棋，我走一步，“哈”一声，他走一步，“哼”一声。

到我：“哈。”

到他：“哼。”

“哈。”

“哼。”

“哈。”

“哼。”

“哈。”

“哈！”

我一拍桌子，对他怒目而视：“你怎么抢我的台词？！”

忽然，我发现，他的眼球是全白的。

一个穿着通红衣服的中年男子，睁着自己全白的眼睛面对着我，嘴里不停地说着：“哈！……哈！……哈！……哈！……哈！……”

到底是在嘲笑我，还是在表达愤怒？

他伸出长舌头，舔我的脸。

我醒了。

文太，我现在有点儿支持你了。

在家的第十二天。

鲜红的衣服，绿色的脸，没有眼仁的白色眼珠，舌头比裤腰带还要长。

广播时间

中午。

【ON】

整点报时！咚——咚——咚——咚——嗨！北京时间！12点整！

精彩由此出发！这里是无稽市广播电台情感专栏！大家中午好！您现在正在与家人吃午饭吗？还是说您正在工作单位加班

呢？抑或者您在听着广播闭目养神？不论如何，希望大家能够身体健康，合家幸福！说到身体健康，就不得不提到养生！说到养生，可能要有朋友问了，现在市面上养生的营养品如此之多，哪种才是最最值得信赖的养生佳品呢？哈哈！若您此时正在听着广播，您真的是赚大了！本电台的赞助商，安巴尼莱蒙养生宝茶，选用名贵茶叶，采用先进科学技术，为大家奉上本世纪最最物超所值的养生佳品！好了！下面是听众连线时间！知心主播为您解开心结！帮您排忧解难！请接线！

【线路 1】

咳咳， 这位朋友您好！

主持人你好。

请问您有什么情感问题呢？

是这样的，我目前刚刚大学毕业，在一家公司工作，最近和同事闹了点儿小矛盾，想跟你咨询一下……

噢！我知道啦！人际关系问题！哈哈！您可找对人了！我作为知心主播可是解决这类问题最拿手的了！首先，您这种情况在当下职场是普遍的一种问题，解决这种问题最主要的方法还是敞开心扉，博得同事的信任！怎么样博得同事的信任呢？当然是先让您自身拥有独特的人格魅力了！怎样快速有效地拥有独特的人格魅力？当然是喝好茶了！喝好茶，提神醒脑，身体好！什么是好茶？安巴尼莱蒙养生宝茶！只要您购买了我们推荐的安巴尼莱蒙养生宝茶，长期饮用，定能精神抖擞，以百分之百的热情投入工作和为人处世之中！到时候您和同事，和领导，和亲戚，和爱人就都和和美美，圆圆满满了！好的！感谢您的参与！让我们来连线下一位朋友！

【线路2】

您好！这位朋友！

主持人你好。

请问您有什么问题需要咨询呢？

是这样的，我是一名高三学生，最近由于升学的压力，感觉……

啊！原来如此！高三的学子！为了美好的明天而努力拼搏！多么伟大啊！你今天流下的汗水必将浇灌出你明天娇艳的花朵！但高三的重压是否让你喘不上来气了呢？有没有想过为什么会这样？一定是太过努力导致休息不足！休息不足怎么过好高三？保持良好的精神状态就对了嘛！怎么保持良好的精神状态？喝安巴尼莱蒙养生宝茶！

喝了这款养生宝茶，您将晚睡早起，做一夜卷子不费力！第二天精神抖擞继续奋战于题海！好的！下一位听众！

【线路3】

您好！这位朋友！

你好主持人。

请问您的问题又是什么呢?

我的孩子刚刚满一周岁……

哎呀呀！了解了解！在这里还是要给你贺个晚来的喜！恭喜您喜得贵子！想来带孩子一定很不容易！可怜天下父母心呀！从古到今不当家不知柴米贵！照顾孩子的您和爱人辛苦了！可是再辛苦也要保重身体啊！带孩子是一方面，工作也是一方面啊！所以，为了您和爱人的健康，为了您的孩子能够茁壮成长！您一定要注意养生！怎么养生才最科学呢? 饮用安巴尼莱蒙养生宝茶！对了，您和您的爱人都很累，干脆买双份的安巴尼莱蒙养生宝茶吧！只要购买双份的安巴尼莱蒙养生宝茶，还会赠送一个安巴尼莱蒙养生宝茶专用养生杯！

好的！感谢以上朋友们的热心参与！我也感到十分的光荣，这么多朋友在我这个知心主播面前敞开心扉，我帮他们解开心结，都是我应该做的呀！哈哈！

OK，接下来我们进入广告推荐环节！其实刚才在我全心全意为听众朋友们解决问题之前我只是稍稍透露了一下广告的内容，如果有心的朋友可能还稍有印象，对！就是它！安巴尼莱蒙养生宝茶！接下来由我们请出安巴尼莱蒙养生宝茶的研发组专家来详细为大家讲解为什么安巴尼莱蒙养生宝茶能够受到如此程度的欢迎和信赖……

【OFF】

“主编！这赞助商名字是不是暴露了什么？哈哈哈，真不知道他们起名字时候是怎么想的！我虽然这么夸，可绝不喝这种弱智东西。麻烦您帮我拿瓶水来！”

准备聚会

自从我们高中毕业之后，就再没有进去过曾经就读的高中。

不是我们不想回学校看看，而是我们毕业之后，学校换了校长，古时一朝天子一朝臣的规律在学校却体现出来。校领导大换血，换完之后的安全条例之一便是陌生人一律不准入内。我们毕业之前原来的校长也出过类似的安全条例，但没怎么起作用，因为当时若是有豪华些的轿车要开进来的话，门卫是二话不说就打开校门的。这回可好，就算市长来了，也得亲自下车在门卫处实名登记，然后再由门卫向上级汇报，绝无直接开门放行的行为。

如此一来，每当我们放假回家，路过学校门口，停下来，看一眼，除了“别扭”便找不到其他的词语。我看学校别扭，门卫看我别扭，我看门卫也别扭，门卫反过来看学校也别扭。

今天还是来这里了，因为我和铭，龙来这里找维，再一起去订聚会的饭店。

一开始，我在铭家的楼下和铭碰头，然后两人一起找龙，和龙见面之后，我们便往高中的方向走，路过工商银行，龙取了点儿钱。

龙在大学，课程和活动都干得风生水起，还获得了 8000 元的国家励志奖学金。

这让我和铭不由得起了先劫财后灭口的念头。

无耻的是，这货公开说拿了 5000 元给喜爱的小学妹买相机，以至于他提款时，我和铭都想看看他卡里的余额到底是多少。无奈龙的身躯十分庞大，将整个屏幕挡得死死的，我们俩只好作罢。

站在一中门口，我们三个将别扭翻了三倍。

好在没多久，维便出来了。

接下来就是一起去预订饭店，最终选择了正东方向的秀水饭

钱

龙的身体太高大了……

也许我们和钱之间，总会隔着一个“大人物”。

店。我和铭挺喜欢，因为名字不那么花哨。

我们和前台讲好了日期，这日期是我们事先在班级里询问同学们各自的时间和统计能到场人数之后敲定的；交了押金，四人便离开，在上午剩下的时间里逛了一圈，中午找到一家小店吃盖浇饭，下午去了网吧。

今天没进行考研复习，晚上也没出去散步。

睡前读书正常进行，是刘同的《你的孤独，虽败犹荣》。

在家的第十七天。

一个人

尘还在的时候，我们这些兄弟总是停不了欢声笑语。

怎么说呢，尘好色却不色。

比如，初中毕业时我们在中心广场吃冰激凌，他一边吃冰激凌，一边像扫描仪似的用双眼盯着街上的女孩们。

“AAACBBBDACEAACBAABABABBCADBADDEAA……”

“我说你潇洒，你说我漂亮。”

——李玲玉《你潇洒我漂亮》

“喂，你说的是什么神秘代码啊？”

“妹子们的罩杯尺寸啊！”尘自豪地和我们宣布，“我的眼力无人能敌！”

你的无耻也是。我们都暗暗想着。

再比如，他总是会时不时爆出点儿“内涵金句”，或者讲讲荤段子，也不知他从哪个犄角旮旯翻到的这些话语。举个例子，当你看到他一脸悲壮地念出“虽然不是大海，每月仍有潮来”这样的句子，他再不正经地冲你龇牙一笑，那一刻你真的想把他打死。即使他长得并不难看。

可每当同学聚会之后，女同学们都说让尘送回家是最安心的。

这让很多男同胞们欲哭无泪。因为他们觉得自己和尘一定是在道德的对立面上的，既然尘被女同学们认为是能给人安全感的好男人，那自己作为尘的对立面，肯定被女同学们定义为衣冠禽兽了。

当然这是开玩笑的，毕竟越不正经的人往往越深情。

尘是我们升高二那年离开这里去别的城市的，他的父母在那里定居，所以尘需要转学。走之前他挑选了一个周日，订了一家饭店请我和一些兄弟聚了一次。

尘的体质不能喝酒，所以大家全部点了他最喜爱的蜜桃汁陪他喝。

那时候我们已经经历了几次离别，所以尘的离开让我们更加地舍不得。我们围在一桌，讲笑话，互相吐槽揭短，玩饭桌游戏，大笑着拍照。

桌下的蜜桃汁空罐子铺了一地。

散场时，尘拉住我，说道：“知道吗，现在的你，比那时的你看起来顺眼多了。”

他说这话的时候，没有笑，我也知道他说的是什么意思，“那时”对应的是什么时段。我点点头，对他说：“我也是这么觉得。”

他问：“你说的是自己还是我呀？”

我回答：“我不是一直都看你不顺眼吗。”

尘这才笑了，和我一起最后走出去，仿佛什么都没发生过；之后大家在大街上唱着朴树和窦唯的老歌，全然不顾路人的目光，一直唱到晚上 12 点左右。

第二天，大家起大早去车站送尘。

尘的行李极其简单，一身休闲服，一个旅行包。

目送他进站台，大家尽力挥手，喊着最土的送别话语：“要常回来啊！”

尘笑得无比灿烂。

之后我们纷纷拦出租车去各自的学校。

高三这一年里，我和尘通过多次电话。

直到我们高考结束升入大学，尘始终没有回来过一次。

大一上半学期结束，我们这些回家的兄弟又聚在一起，庆祝上大学之后的第一个寒假，饭店有无线网络，铭拿出带来的 iPad 连接好之后，我们一群人和尘视频。

“色魔，就差你啦，有什么想对大家说的吗？”

“好！禽兽们，等我！老子这个夏天就回来！到时候你们的终身大事统统交给本大爷来解决！我新认识的漂亮妹子多得是！哈哈——”

大一的夏天说来就来。

我们迎来了暑假。

同时，也收到了尘的死讯。

那天他骑车路过江边，一个小男孩掉到了江里，他二话没说，扔下自行车就跳进江里救人……

小男孩最终被救了上来，尘却永远闭上了眼睛。

一切都那么不真实。

我想，若是当时大家能够一起挽留一下尘，告诉他不要走，也许他就不会这么离去。

因为家乡没有江。

拿着高二那次聚会的照片看了一会儿之后，我再次将它放好。

随后喝下一大口冰镇可乐，抄起新买回来的电蚊拍，对着飞舞的蚊子狠狠扇去。

唉，吃晚饭时忘记关窗子了。

睡前读书，山本文绪的《然后，我就一个人了》。

在家的第十九天。

面试与成功学

李新很庆幸自己在初三之后就和一些人断绝了来往，比如文太，还有跟文太关系最好的那个死党。

之前跟文太关系最好的那个死党的学习一直很好，李新才跟他接触并努力搞好关系；之后他学习没以前好了，他不行了，李新心想自己得赶紧跟他撇清关系，省得丢人。

如今，李新打算在大三的暑假参加一场招聘，提早步入社会，赢在人生的起跑线上。

李新内心窃喜道：想想自己的前途一片光明，真好啊！

李新为了参加这次招聘，特意买了新西装新皮鞋外加新领带。

嗯！感觉不错，他又拿出自己的钱包，打开，里面是自己父母的照片。

这可是他在成功学专柜上挑选的由专家艾斯候·菲克所写的那本书《只要这样，闭着眼睛就能混职场！》上面学习到的！书上说：只要将自己钱包里放上父母亲的照片，面试的考官就会认为你是个十分孝顺的人，孝顺的人通常代表着可靠和成熟稳重，这样就会轻松地博得领导的青睐！

等到面试考官叫到自己的名字，李新信心满满地走进面试间。

三位 HR 看来都很随和，谈话进行了一段时间后，李新觉得这份工作已是自己的囊中之物了。

是时候给自己加加分了！

李新打定主意，他故意将钱包掉在地上，欠身说声“抱歉”后，将钱包捡起，翻开，吹了吹灰。

他故意让 HR 们能看得到自己钱包里的父母的照片。

他已经感觉到成功在向自己招手了。

过了一会儿，HR 1 笑容满面地告诉他：“你很有能力，也很有创造力，就是和本公司的要求不太相符，祝你以后找到称心如意的工作！”

李新很纳闷，自己明明表现得很得体啊！

但他也无法多逗留，只好说声打扰了之后便离去。

他走之后，HR 2问HR 1：“刚才那孩子为什么不要？”

HR 3也疑惑地看向HR 1。

HR 1冷笑着拿出一本自己在成功学专柜上挑选的由专家艾斯候·菲克所写的《慧眼识人一百招》，翻到其中一页，说道：“这孩子表现还算差强人意，只是这样远远不够，我本想考察一下他在为人处世上的能力，结果他自己先有了破绽！幸亏那时他钱包掉了被我看到，我才让公司避免了损失！”

只见那一页写着：考官面试时，若是看到应聘者携带着内容和家人尤其是和双亲有关的照片等，千万要小心。年纪不小了还是离不开父母，对父母有依赖的表现，这代表此人心智极不成熟，往往独立性不强，不能面对生活中的挫折和困难！

原来如此！HR 2和HR 3纷纷对HR 1竖起大拇指。

HR 1谦虚地答礼。

然后HR 1收起书，精神抖擞地喊道：“下一位！”

门外的应聘者赶紧起身整理了一下衣服，默默地背诵自己在成功学专柜上挑选的由专家艾斯候·菲克所写的那本《1分钟让面试人对你刮目相看》里面所学到的内容。

为什么会落选呢？

也许答案在那个成功学专家的名字里吧。

渴

好渴啊。

我的身体却动弹不得。

能听到客厅钟表发出的声音。

我应该是魇住了。

现在的自己趴在床上，头向左侧着，左眼能够睁开，右眼则眯缝着。

睫毛好像刮到自己的眼球了，有点儿疼，还有点儿痒，该死的。

我有轻微的倒睫，只不过偏偏在这时候睫毛来找麻烦，真难受啊。

我的眼睛不会因此而坏掉吧？如果是这样，那说出来简直可笑：自己的眼睛在睡觉无法翻身的时候被眼睫毛弄坏了。

可真的好渴啊。

我想叫喊却发不出声音，总有嘴角流涎的感觉。

我想加快自己呼吸的频率，可是做不到。

我又想减慢自己呼吸的频率，甚至是屏住气，但我不敢，因为我怕万一成功了，自己想呼吸又呼吸不了，岂不就这样憋死了？

救救我吧，憋死最难受了。

还是好渴啊。

可是现在我的脑子里已经成了一锅浆糊了！怎么竟是些乱七八糟的东西……而且毫无瓜葛的它们是怎么依次蹦出来的？

三国演义——雪碧——台历——iPhone 6 Plus——垃圾桶——红楼梦——英雄联盟——自行车——大葫芦——风林火山——泡泡枪——史矛革[①]——福来到——嫁鸡随鸡——配电盘——洪七公——绿茶婊——防滑鞋——哥俩好……

① 魔幻小说《霍比特人》里面的喷火恶龙。

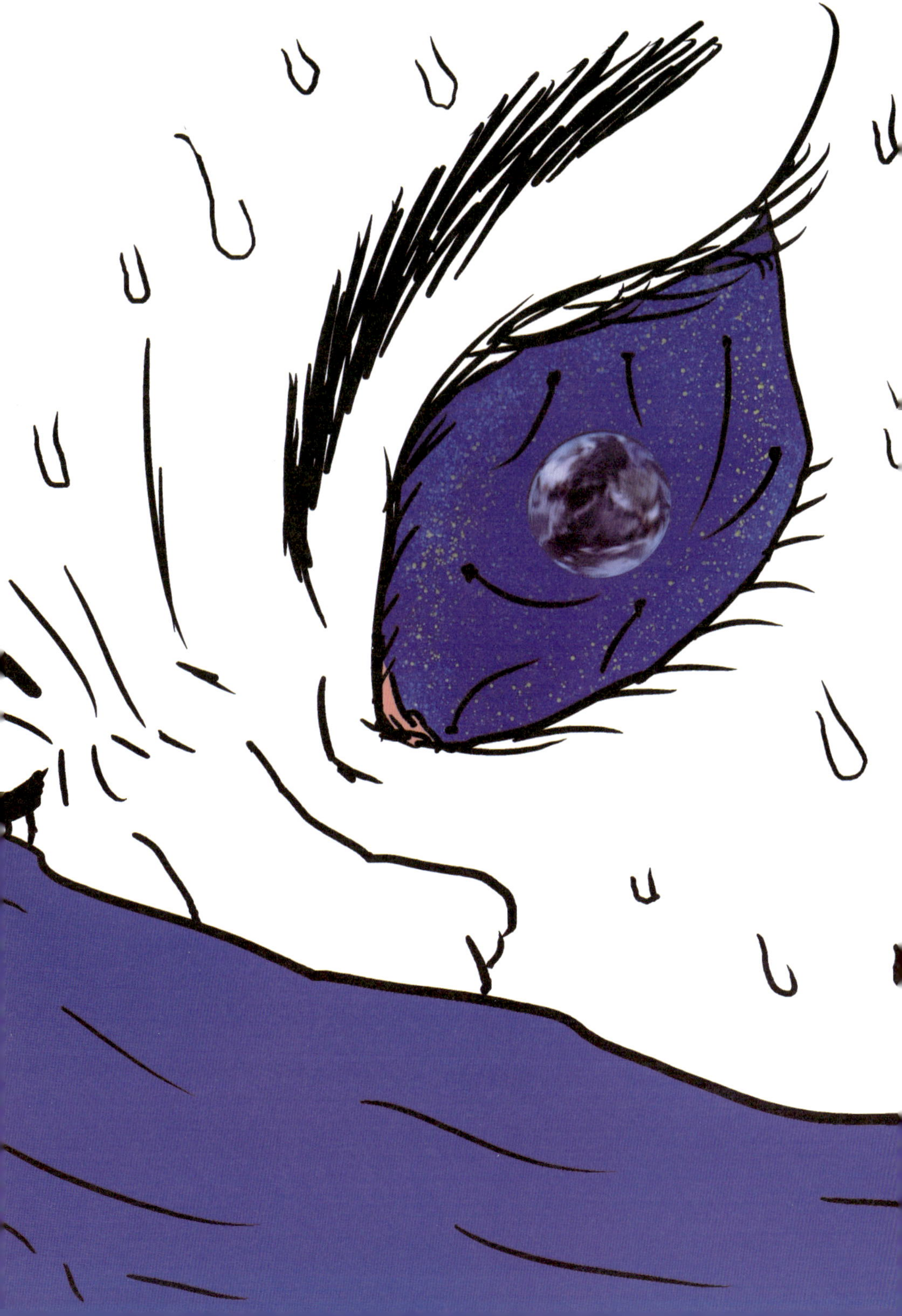

几根眼睫毛同时粘在眼球上，我不敢想了……

够了，别再折磨我了好吗？这样的话简直生不如死啊！

该不会就这样子任凭自己的脑袋像个破口袋一般一直往外蹦东西吧？我仿佛看到蹦出来的东西此时统统面向我——抽象的，具体的，宏大的，渺小的，这些东西团结一心，向我压过来，密密麻麻的。

然后就这样子持续一夜，我将一夜不得翻身，一夜让自己左眼无法合眼，右眼忍受被睫毛刮的感觉，头脑不停地向外蹦出各种东西，直到天亮。心情不好的半梦半醒之间，让人生不如死啊！

而最重要的……好渴啊！

想起《闪灵》里面的杰克·尼科尔森在大酒店的吧台前揉着自己那橡皮泥般的老脸，丧心病狂地说出：“天啊，只要让我喝一杯，我什么事都做得出来。”

我也是！可是人家说完就喝到了加冰的酒水，虽然是鬼给他的。

我呢？还是在这里，既没喝到什么，也没有鬼给我拿来喝的。

……

过了多久了？

一小时？两小时？

太阳还能不能升起来了？

或者说其实太阳已经升起来了，只不过我的感知还停留在黑夜里？导致我现在看到的一切还是夜里的模样？

如果天真的已经亮了，父母应该会察觉到我还没起床吧？会的吧？

然后马上走进我的房间。

看到我这副样子，一动不动地趴着。

到那时我还会不会看得见他们了呢？

受不了了，好渴啊。

神啊，如果你真的存在，真的能听到我现在心里的话，就请一字不差地听吧。

我发誓，我这辈子再也不说矿泉水不好喝了。

我再也不嫌刚倒的白开水太烫了。

我再也不浪费掉汉堡王、肯德基、麦当劳、德克士之类饮料里面的冰块了！

亮晶晶的冰块啊，凉丝丝的冰块啊。

Small~small~ice, sweet~sweet~ice!

只要能让我现在喝点儿什么……

冰镇可乐，个人喜好。

咔嗒，咔嗒，咔嗒，咔嗒。

时钟你倒是走得挺愉快啊。

咔嗒，咔嗒，咔嗒，咔嗒。

你天天走，不停止，不累吗？你的同类，我们初中挂在教室的那个时钟，陪我们走了三年多，在初四上半学期开始持续出现走不准的毛病，等到初四上半学期结束，直接不走了。

钟坏了？放屁，我怎么觉得都是那玩意叫嚣着说道：“老子不干啦！老子要放假！”

这件事上，你怎么就不能以人家为榜样看看齐呢？

咔嗒，咔嗒，咔嗒，咔嗒。

好吧，算我没说，你是在故意嘲讽我吗？算了算了我认了！我认输还不行吗？一个个的就知道挑软柿子捏，看我动也动不了这么可怜，还快要渴死了，就可劲地嘲讽我吧！有本事再刺激我一下，老子……

噔！

时钟发出一声响动。

我心一紧，全身随之一颤，意识到自己能眨眼了。

手和脚也能动了，全身都能动了。

我赶紧起身，用力地揉着右眼。

重生的感觉啊。

接下来思绪逐渐清晰，不用看时间，我就知道现在是夜间11点20分。

家里客厅的时钟每当到了夜间11点20分的时候都会发出噔的一声响。

自己快到11点的时候躺下开始睡觉，才过了这么短的时间？

也就是说，从我躺下开始到魇住期间，我睡着过？

不可思议。

不过，当务之急不是想这些。

我下床，顾不得穿拖鞋，直奔厨房而去。

拿起水瓢接了半瓢自来水，一口气灌下去。

再打开冰箱，拿出冰镇可乐，给自己倒一大杯，又一口气灌下去。

然后自己打了个长长的嗝。

呼，舒坦。

喜欢的人

高中同学小聚会的日子。

来的人不多，只够坐满一桌。

雨出落得更漂亮了，能再见到她，真好。

在家的第二十一天。

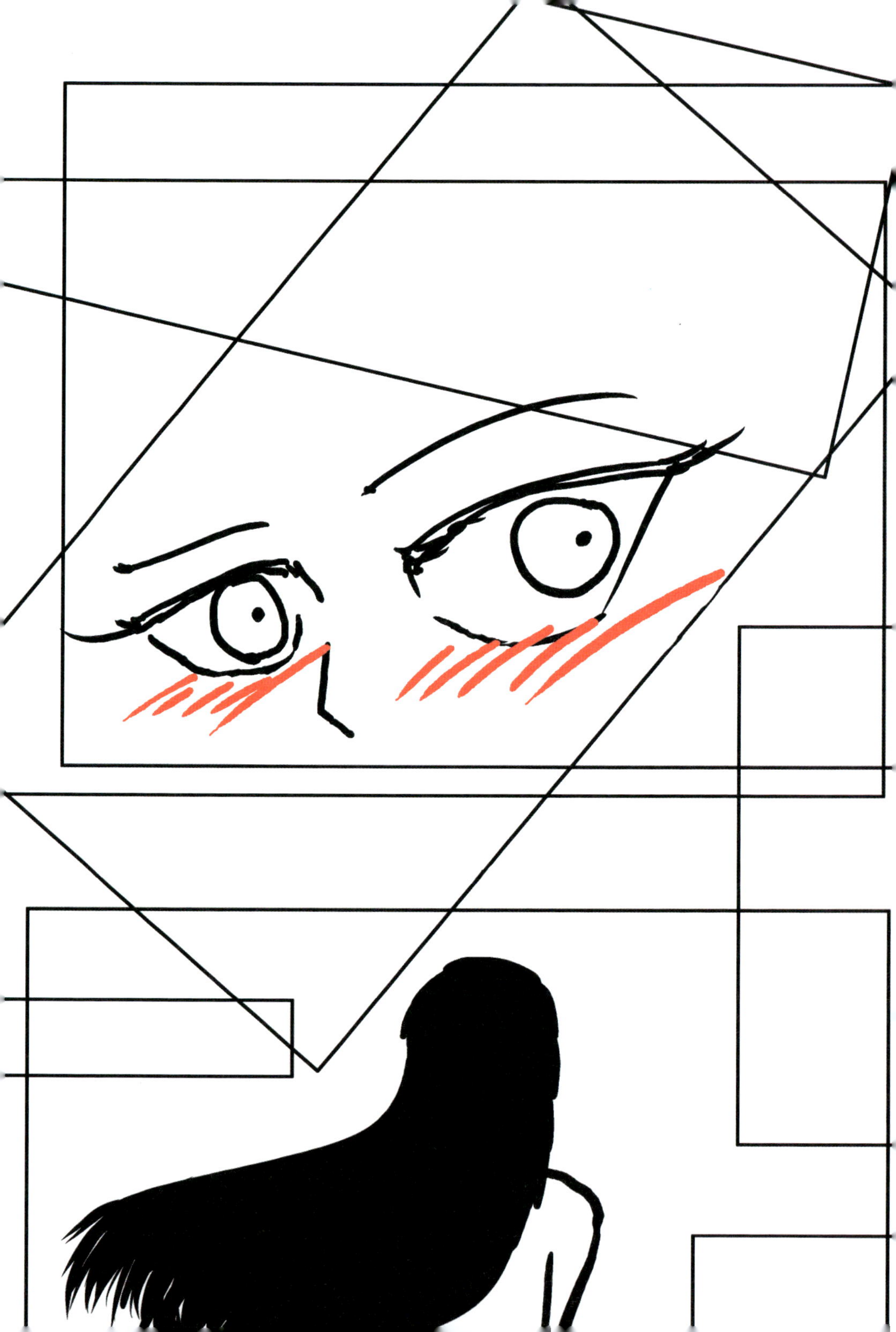

好吧，如果非要说一件我在 24 岁之前感到后悔的事情，那就是我后悔从来没跟雨当面表白过。

我与文太

谈一下我和文太的经历。

大三寒假的某一天，我和文太二人决定出门走走。

对我而言，东北冬天的魅力在于每当从户外走进温暖的室内，眼镜就会上霜；在于挨了一圈冻之后去吃炸里脊和炸实蛋时能觉得多撒点儿辣椒粉会更好吃；在于宅在家里看窗外雪景的惬意；在于下完一场大雪之后小区的寂静；在于戴着防寒面罩走在街上，即使是熟人也未必能够把我认出来，并且任由寒风将羽绒服兜帽的毛边吹乱，一副与世无争的感觉。

我们出发之后，先去了新开业的商业中心。果不其然，人虽不少，但多数人只闲逛，不花钱。

之后我们便决定一直向北走。

我曾经搬过两次家：第一次是上小学时，从北边大地边缘的小民居搬到了东边的民政家属楼；第二次是中考结束后，从民政家属楼搬到现在所居住的南边小区。

我们走出商业中心，路过了很多曾经熟悉的地方：招待所，邮局，中国移动收费中心，中国建设银行，牧羊人烧烤店，眼镜蛇 KTV……

我们两家当时离得很近，直走不到 600 米，初中我们经常一起回家，在放学的路上聊天。我们聊过喜爱的漫画的剧情，聊过一起编的小故事，聊过各自在班级遇到的事情和烦恼，聊过各自喜欢的人。路线很单一，我们从校门口出来，路上买点儿零食吃着，其中我们买得最多的是学校大门对面小亭子里的奶茶和二中对面食杂店里的烤肠，尤其是奶茶亭，我们几乎光顾了半年。零食买完之后，有时是他跟着我到我家的单元楼，我们俩在楼道里还要聊一会儿；有时会反过来，我跟着他去他家的单元楼，在他家的楼道里聊一会儿。

走了一会儿，到了民政家属楼了。

他看着我，问道："不进去看看？"

我隔着铁门望着民政家属楼的小院，摇了摇头，心里还在想着当时自己眼里看起来那么大的自行车棚如今好袖珍啊。

我们继续向北走，其实我从穿过民政家属楼的门洞那时起，就已经开始一步步地在找自己童年的影子了。

此时出现的都是些老房子，道路也不再是街上常见的平坦柏油路或是水泥路，但还是能看出有人将这一带的道路修过了。市医院新盖的楼房已经延伸到这里，歪斜的电线杆和道路旁的树也都还在。东北方言会把"上街"的"街"读成"该"的发音，所以上街有时会说成"shànggāi"，而这种偏僻的地方则被称为"背街"，亦可读成"bèigāi"。

小时候沿着这条路走，经常会看到狗，狗的身上并不干净，毛也凌乱，但都是有住户养的。这次和文太回到这边，我心想着，要是能够再一次看到狗就好了，没想到真的看到了小狗。

继续往里走着，这里有很多很矮的楼房，而且都是老房子，它们饱经沧桑，代表着这座小城那些逝去的岁月，残留着一代人生活过的痕迹。楼底下还能看到由木板围成的栅栏，其实这种格局说是胡同也可以，我却更愿意把它当成小区。在这冬天，看着这些楼房，也是能给人一种安全感的。

这一带曾经有一大片空地，有一个简陋的篮球场，小时候自己和玩伴们经常在这里一疯就是一下午。可惜医院决定盖楼的那段时间将原本的空地封死了，篮球场也消失不见。附近停置着一辆卡车，好像一头冬眠的熊，也许天气变暖之后它就会“醒”过来，也许它一直会“死”在这里，陪着那早已消失的篮球场一起。而新建的楼房们也出现在不远处，它们成了入侵者，不知道将来这里最终还能剩下些什么。

文太和我一路无言，只是在看着，看着这些比我们年纪还要大的平房和小楼房，破败的道路还有木头栅栏。

我们继续往北走，有一条狭窄的小路，两旁都是三层的老楼房，路的尽头原来是一条很大的水沟，当时各种垃圾都被扔在沟里，如今那里早已被填平。而再走不了多远，就是北大地。

此时的北大地没有丝毫生机。大棚已经被撤去，只留下大棚的骨架和四周的墙壁。大地已经被白雪覆盖，放眼望去是宽广的白，让人心疼的白，大片的白之间有一条黑色的带子，那是人们穿行大地时走的小路。北大地的边缘曾经长了一排向日葵，我们都去摘过葵花籽，可后来向日葵下面长出了很多叫不上名字的杂草，要命的是那杂草上面有数不清的毛毛虫，黄色的大毛毛虫，从那以后再也没有小孩子会靠近向日葵了，渐渐地向日葵成批地死亡，再也没长出来过。

我和文太有默契地看向远方，那里有当地的自来水公司和水泥厂。

自己一度认为那里是十分遥远的，自来水公司和水泥厂也稀里糊涂地成了自己童年的阴影，好像世界的尽头，去了就再也无法回来的感觉。直到上高中之后偷偷骑着父亲的电动摩托车到了水泥厂附近再骑回来，才觉得有些距离并没有想象中的那么遥远，有些建筑也并没有建造得那么恐怖。

还是心理作用，还是人自己吓了自己。

文太看着大地，叹了口气说："小学时我常常想着在夏天独自一人从这北大地穿过去，一直到自来水公司那栋楼去探险，可惜一直没有做到。现在反而不想去了，一到夏天就心烦意乱的。"

我蹲下抓了一把雪，捏在手里，说道："我倒是贴着那片平房的边走到很远，到了大概是一个污水沟，有一个大水泥管子被当成了桥的地方，还有一股刺鼻的臭味，仿佛在告诉我那是界限，再往前我就不敢走了，而且身边一直都要有人才行。"

"那个，"我一指一栋白色的楼房，"其实是民居，可是很大呢，连带下面的仓房和那一大片空地全部是属于一个住户的，学前班的时候，我给这起了个外号：S禁区。当时这家的住户天天大门都开着，我就觉得很诡异，也不清楚是怎么一回事，可能是我当时看这里的视角不对，或者是我只挑了阴天的时候才注视这个建筑，总之这栋房子就是我对阴宅凶宅的朦胧的认知。"

"你这样说好没礼貌的，万一里面有人住呢？"

"所以啊，有一次我和西、瑞、奥、井，一起来探险，当时没联系上你哈。我们都以为那是空屋子，窗户的玻璃都是破的呢，反正也没打算进房间，否则，那不是成坏孩子了吗？本来就想看看院子是什么样的，井看到那楼房一侧的楼梯是外置的，我们就想上去看看全景，都上到二楼了，忽然看到有一个房间窗户开着，里面还有一个男人！他脸很黑，端着一碗惨白的饭和一个青色的鸭蛋，一看就是咸鸭蛋，没拿筷子，他大声对我们吆喝：‘哪来的孩子？快走！’我们本来就没想到屋子里能有人，他这么一出现，再一吆喝，把我们全吓着了，连滚带爬地跑走，打那之后再也没打过探险之类的主意。”说完，我将手里已被捏得融化又变形的雪块扔掉。

文太点点头，我们俩同时走向那个房子，在紧锁着的门前站定，抬头仰望，几扇窗户的玻璃还是破损的。

文太又转过身，面向北大地说：“我上小学之前，我爷爷就领着我来过这里，回去后下了场雨，当时我就将大地和云联想了起来，结果睡觉时做了个噩梦。”

我一听，赶紧问：“是不是梦到夏天的白天，你站在这片大地的正中央，脚下都是翻好的准备播种的黑土，可是天上却迅速飘来乌云，黑得恐怖的，令人毛骨悚然的大乌云，大片大片地飘过来，有点儿像……黑云压城城欲摧的那种？你从来没有感觉到天与地是那么可怕，大乌云将整个天空全部遮蔽，大地也是黑色的，你一眼就找到边界，可怎么走都走不到？最后你只是望着头顶遮天蔽日的乌云，那乌云太可怕了，你都吓得再迈不开步子？”

文太眼睛一亮：“是！差不多是这意思！你也梦到过？”

我连连点头，继续说：“我比你惨多了！我梦到这样不说，我还梦到边界处就只剩下那栋白色楼房了，我不敢看天，只好盯着那楼房看，结果我就能动了！顾不得那么多，我赶紧跑到那楼里，结果我从窗户往外一看，天还是被恐怖的大黑云笼罩着，地却没有了，取而代之的是一望无际的洪水，打着浪！滔天巨浪！真的，没骗你！我的妈呀，那浪简直太高了，比电影《星际穿越》

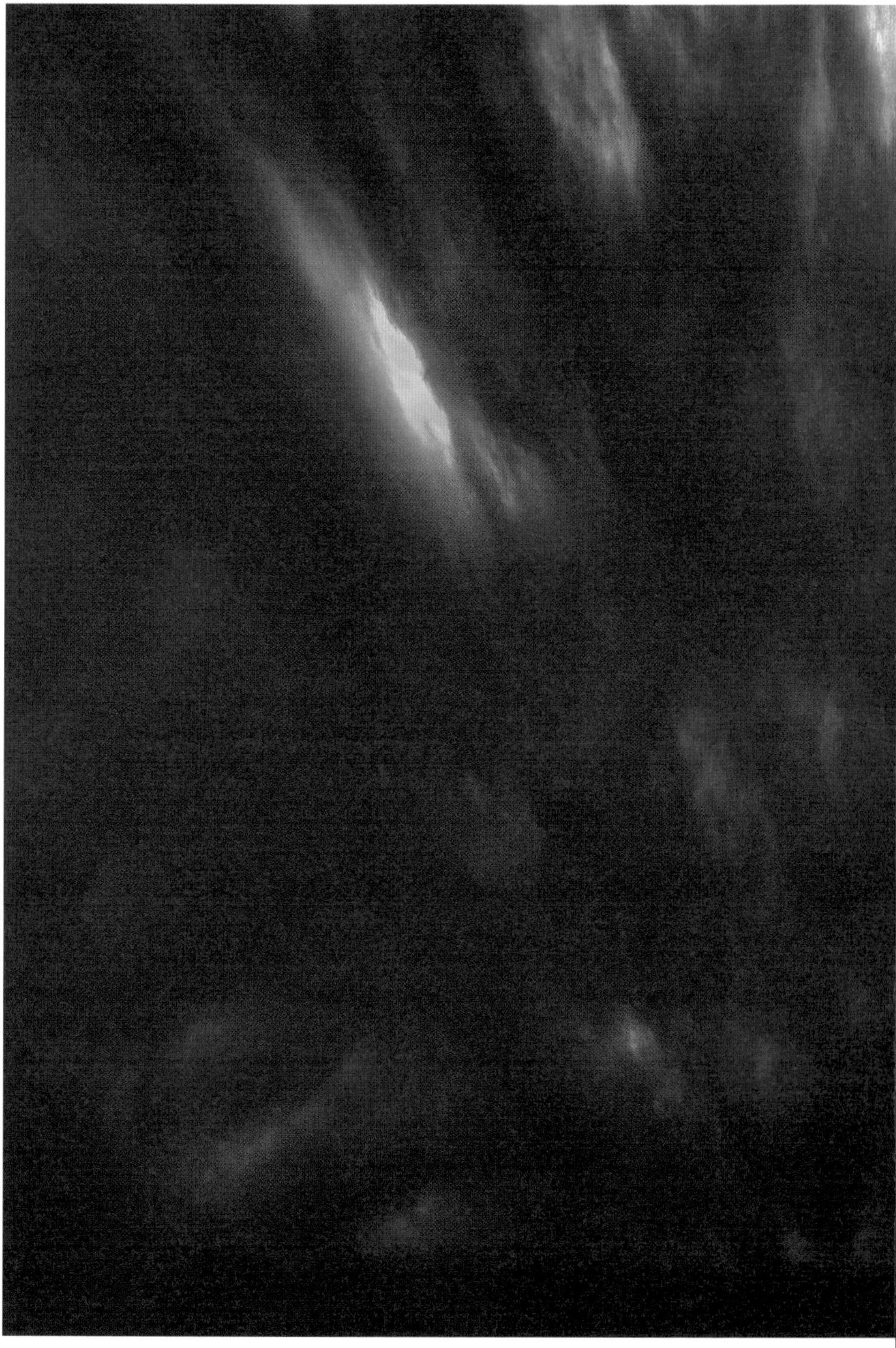

空地、漫天乌云。

洪水、巨浪、残墙，乌云依旧在。

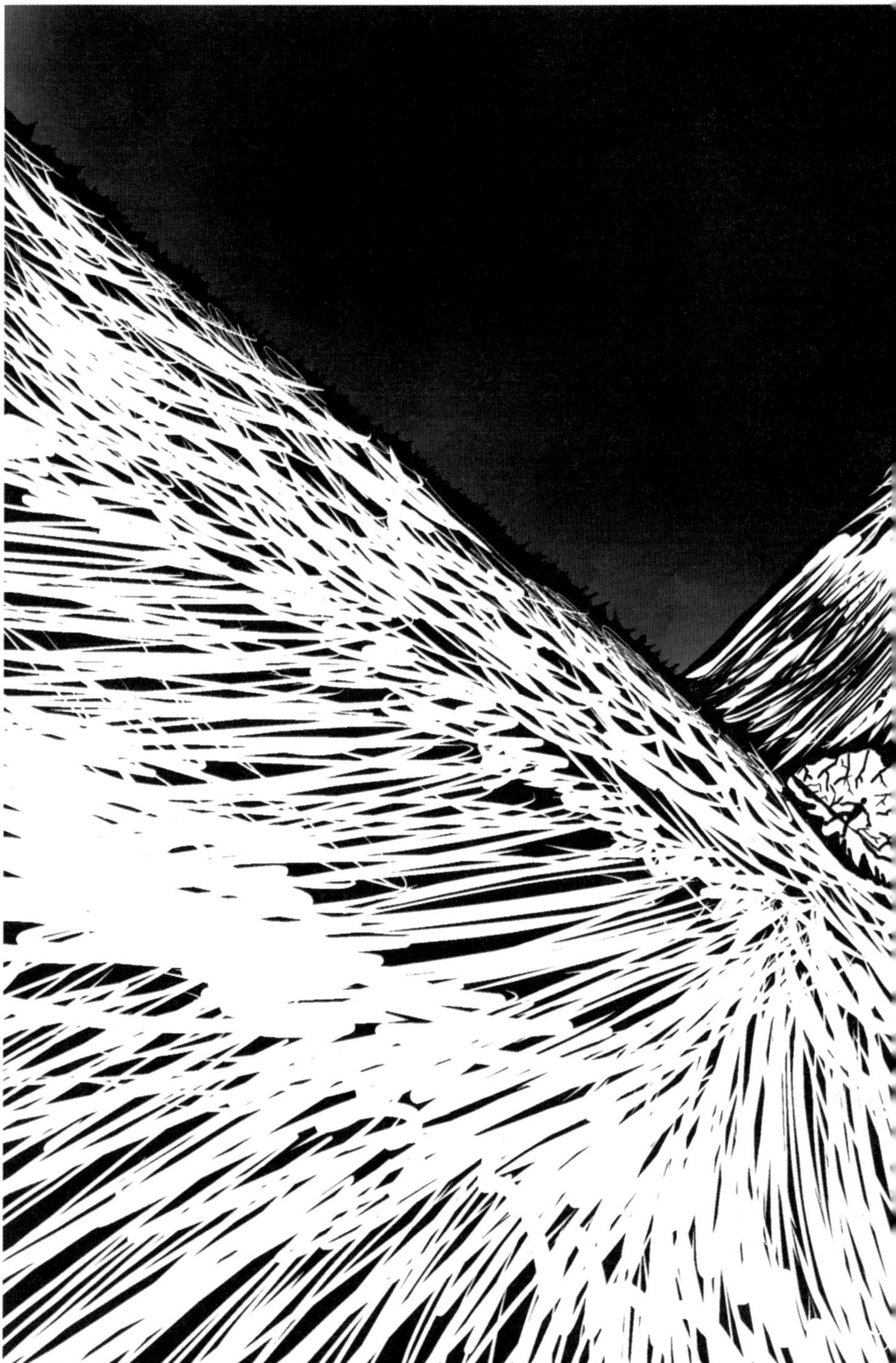

里出现的巨浪还要高！但是没那么宽！是很窄的一条！可还是太可怕了，毁天灭地的架势！直直向着白色房子压过来！”

“后来呢？”文太来了兴致，要知道记得梦的内容本身就挺难得，至于噩梦，还是两人都有相似经历的噩梦那简直是稀有。

“我记得自己紧紧靠着一堵墙，其他的墙全部被那洪水冲塌了，那巨浪和墙呈平行关系，90度！就是说浪变成笔直指向天空的了，周围还是一望无际的洪水，再后来我就醒了。”

“妙！”文太整理一下衣领，“那你想不想体会一下站在大地正中的感觉？哪怕没有梦中的漫天黑云，没有无边的洪水巨浪？”我笑了，和文太一起走下大地，向着自来水公司的方向前进，越走越深入，等到文太说“停吧”的时候，我们二人回过头，那些建筑在眼里都已经是火柴盒大小了。

“感觉如何？”文太问道。

我未回答，只是像梦里那样，抬起头，望着天空，同时用力吸了吸鼻子，这才尽自己所能以最大的响度喊出两个字。

“爽啊！”

这时，不远处的大棚骨架顶端忽然传来乌鸦的叫声，我和文太循声望去，的确是一只乌鸦立在那上面，我掏出手机要给乌鸦拍照，可乌鸦仿佛意识到什么一般，又叫了一声便张开翅膀飞走了。就在我按下拍照键的前后。

“唉。”我将拍好的照片给文太看，“没拍到。”

“挺好的，乌鸦没拍到，却拍到了能驱散黑暗的东西，真的是现实和梦是反过来的呢。”

我拿回手机，又看了一眼这失败作品。

唉，总是能看到新建的楼房和塔吊。

我收起手机，对文太说：“别在这儿站着了，咱们去别处吧。”

文太点头，我们又往回走。

这回是真的，每一步都是真的。

我能感觉到自己的眼睛随着双腿的移动而改变着焦点，我能感觉得到自己脚踩在积雪上面的踏实。

回到大地边缘，文太忽然捡起地上的一根木棍，接着蹲在一片雪地前比画着。

“难得来一次，应该留有纪念。”文太若有所思地说道。

接着他拿着木棍开始在雪地上画着，不一会儿，画出一只猪。

“如何？冬之猪！”文太满意地看着自己的作品。

我不予置评，从文太手里拿过木棍，也蹲下在他画的猪上修改。

我给猪加了一双翅膀。

“现在好了，飞天神猪。”

“人家画蛇添足，你这……画猪添翼。”

“哼，我比他厉害。”

“何以见得？”

“添了足的蛇已不再是蛇，可添了翼的猪仍然是猪。”

“的确。”文太再次将木棍拿在手里，在飞天神猪的旁边写下两个字：苍凉。

随后，他将棍子用力投出去，好像是在投标枪。

“看看能不能立！”

“我感觉能立！”

“哎哎哎，要立了要立了！”

没立住的木棍和画在雪地的“飞天神猪”凑在一起。

看着文太的画，我突然想吃“烤猪翅”。

“啊立了立了！”

“喔喔喔！”

“啊！”

“靠！真倒霉。”

木棍平躺在远处，没能立在那儿。

文太脸上突然出现了难过的表情，咬着嘴唇若有所思，过了一会儿他走向被扔出去的木棍，将它捡回来，放在自己的“作品”旁边。

我们快速从这一带离开，北大地，曾经的水沟，狭窄的小路，曾经的篮球场，医院新楼的后方，民政家属楼，门洞。

转眼又回到了街上，道路平坦，楼房高过三层的“jiē”。

接下来文太说要上超市，我们便去了工商银行附近的超市，他买了两袋做烤冷面用的面饼和相应的酱，还有一盒松花蛋。

“还是自己家做的烤冷面吃起来比较香，”文太告诉我，“你也可以试试，其实这东西没什么技术含量。就好比咱们这刚刚有寿司卖的时候，大家都稀罕得很，如今卖那东西的店家多了去了，超市也能买到原料和制作工具，弄得寻常人家全可以做出来吃，结果当初最简单的寿司现在只是叫紫菜饭卷而已，没什么新鲜感了。”

“我还是算了，总觉得烤冷面那东西有点儿酸，”我看着他的购物袋，“不过我很喜欢松花蛋，尤其是就着米饭吃。”

“不宜多吃。”文太看一下表，“差不多该回家了。”

我也看了一下手机时钟：“的确不早了。”

文太转身要走，没几步忽然转回来：“对了，刚才你没指出你搬到民政家属楼之前住的地方啊，如此一来咱们不是算白去了一趟北大地吗！”

我笑而不语。

没关系，你看到了的，只是不知道；我也看到了，只是没想说。

佛曰：不可说。

嘿嘿。

蜉蝣

我是只蜉蝣

他们说以后的事不要想
他们又说要为了以后的一切
快快长大

好多次身不由己的
情况下，我只能告诉自己
长大就好了。

终于有一天，我长大了，有了翅膀
却有了条长长的尾巴，我很难飞起来
好吃力

他们来了，端着些我从未吃过的
食物，看起来，好好吃

他们强忍着笑，我不明白他们在
笑什么

就这样，他们佯装严肃地说：

“来，张嘴

啊————”

晨练

暑假已过了大半，看来得换个频率，让自己过得自由点。

开学之前不需要白天复习一整天了。

幸运的是，回来的兄弟们都没返校，这样一来我们还能在家乡制造些共同的回忆。

当我睁开眼时，天已经亮了，低头看一眼手机，4 点 15 分。

突然冒出了要在开学之前的每一天早晨都晨练的念头。

说干就干！父母还未睡醒，我轻手轻脚地换上运动服，带上羽毛球拍和羽毛球，还特意将羽毛球的筒子放在客厅的茶几上，这样一来，父母醒来看到这样的摆设，也会明白我是起早去打羽毛球了。

系紧运动鞋的鞋带，我便出门，并注意关门的时候声音不要太大。

即使清晨的马路上没几辆车行驶，我还是会选择走两边的人行道。MP3 里播放着樊凡的《做自己的英雄》，顺便也决定好回来时要听的音乐，就听苏打绿与 Ella 合唱的《你被写在我的歌里》吧，欢快的歌曲正好促进食欲。

我的目标是体育场，它正好位于东边。沐浴着阳光一路走去，都说阳光能给人希望，这时在我看来，果真如此。

清晨的体育场比起晚上的时候，没有了跳广场舞的大妈们，打篮球的学生和走圈、跑步的人依然在各自的场地锻炼着，身穿太极服的老人们，慢悠悠地舞剑、迈步子，真可谓仙风道骨。

这时我才想到没有伙伴同行的话，羽毛球拍简直派不上用场，要是和陌生人一起打球，我又担心自己的球拍会被打坏，虽然是廉价的球拍，我却很中意球拍的颜色和边框。

突然，手机响了起来。

是文太。

“喂？起来了吗？”

“嗯，早就醒了。”

“那就好，我记得之前你的起床气是很大的。”

“这时候打电话，什么事？”

“还记得在你回来的火车上时，咱们约好要出来的吧？暑假都快过去了，就想着和你见一面，一起锻炼锻炼或者玩玩，怎么样，能出来吗？”

“求之不得！”我庆幸地跺跺脚，“我现在就在体育场，来找我吧。”

“天啊，你竟然还会起早来晨练！我记得初中毕业之后你再也没在早上 6 点之前起床过！”

“我也得保护好革命的本钱是不是？要是垮了怎么画画，怎么愉快地玩耍？”

“我挂啦，马上就到。”

也就十分钟吧，我就看到文太出现在街口，看来他是一路跑来的。不愧是常年打篮球锻炼的家伙，身体素质在那摆着，跑到这里，呼吸节奏都没乱，更别说出汗了。

我们大学在同一个城市，隔一段时间就会见个面，一起吃个饭什么的，距离上次见面到现在，应该有两个月的时间了。

文太见我手里拿着羽毛球拍，皱了皱眉：“怎么想到带这个来了？”

“就是没想到，才稀里糊涂地带出来了。”

“好吧……”文太看了看篮球场那边，“貌似篮球也玩不了，一来各处都不缺人，二来打球的话你的球拍没人照看。”

“要不，对几盘？”我抽出球拍递给他。

他接过拍子，挥了几下，摇摇头：“太轻太轻，在学校那边打网球习惯了，要是带来一支网球拍我就可以和你对打羽毛球，你一个人用两个拍子都没问题。”他说这话的时候，活像去龙宫借宝的孙悟空。

我只好把抽出来的拍子放回包中，问他:“那接下来怎么办？”

他望了望跑道旁边，忽然兴奋起来。

“看，球馆开门了，真没想到今天会这么早就开。”

“那又如何，”我跟着望向球馆那边，的确入口开着，“那是属于个人的，得花钱才能在里边玩，有钱人嫌外边打羽毛球风大影响发挥，老板就高高兴兴地挣那些人的钱。”

“我知道，他羽毛球打得挺好，还在里边开班授课，教孩子怎么打羽毛球。那里边的设施一应俱全，不仅拥有观众席，同时也可用作羽毛球馆或篮球馆。市里搞篮球赛都要向他租这馆作为场地。”

“那还进去？”

“篮球场收钱，羽毛球场收钱，可观众席不收钱。”

我怎么看怎么觉得文太的眼睛在放绿光。

我们二人走进球馆时，老板看都没看我们俩一看，更别说来问我们要不要打球，因为馆内被分成的四大块羽毛球场都有人占了，我们十分自然地走到观众席，挑了两个采光好的座位坐下，动作如行云流水。

文太突然问我：“还记得咱们小时候开运动会占场的情形吗？”

“记得啊，带着坐垫，带着一大包零食，大家穿着校服、穿白球鞋……当时可没几个那样让咱们盼着的日子啊。”

“还有儿童节。我记得当时咱们流行一款饮料，可贵了，15元呢！2000—2005年的时候，15元对咱们来说可不是个小数目，那饮料叫……叫……呃，什么来着？”

“百丽哇。”我回答。那饮料的确很贵，主要是装饮料的瓶子上面有一个几乎跟瓶子一边大的玩具模型，我当时买的那瓶上面是蝙蝠侠。

“对对对！我当时想买个超人的结果没买到。最后那也没有再卖超人款式的，对了，那饮料什么味啊？”

“就是有点儿甜，一点儿也不特别，还没有冰镇可乐喝着爽呢，装的量也少，也就比一个易拉罐的量多点儿。”

“幸亏到最后我也没买，”文太边说边敲着膝盖，“那时候咱们多容易满足，玩具也不贵。”

“是啊，当时我爷爷花 5 元给我买了台山寨的飓风音速四驱车，我一直玩到五年级呢，不比当时奥迪双钻梦之队的车慢到哪去。”

“咱们学校有一阵子还流行悠悠球，那时大家头一次见到能‘催眠’的悠悠球，个个都想买。”

“是啊，第一波悠悠球里面最出名的是两个：‘天火’和‘地火’。后来到了‘龙’和‘凤’，又是奥迪双钻的天下了。”

“我还买了个‘龙’，球的确漂亮，我记得你买了好几个……”

“别提了，原来买了个‘枪神’，结果泡水之后就不好使了，接着买了个‘飞天螳螂’，练‘环绕地球’的时候直接撞墙上碎了，又买了个‘智多星’，也是练催眠的时候甩出去，又摔碎了。我最心疼的就是这个‘智多星’啊！发蓝光，哎哟我去，那个好看啊。那天是放学买的，写完作业寻思玩一下没想到就摔碎了！后来掌握了‘催眠’的甩法，买了个‘大葱鸭’就一直玩下去，直到老师禁止大家带悠悠球。”

“我还非常怀念咱们曾经吃的一种糖，方形的，糖纸上面画着什么水果就是什么味的。那种糖很甜，就是吃完之后舌头都被染成了糖的颜色，结果老师又不让买了。这种糖真的一夜之间就消失了，学校周边的食杂店和市里的食品批发都找不到了。”

“我记得，石上课含着那糖，结果老师叫他回答问题，他一张嘴，舌头是绿的，给老师气得够呛。”

“当时我笑得眼泪都流出来了。”文太掰了掰手指关节，“还有咱们曾经在课间玩的游戏。”

“嗯，操场上那条水泥路都被咱们班的学生给占了，咱们学着别人丢沙包的规则，用毽子代替沙包，玩得好刺激。”

“后来丢毽子是不是咱们班开创的先河啊？”

“忘记了。”

“咱们还玩过扮演星际恐龙的游戏，铁甲小宝抢和平星的游戏，参加星球大战的游戏……”

我看着文太，很佩服他还记得这些往事。

“文太，咱们记得这些，到底有什么用呢？”

“有什么用、有没有用不重要，记得，很重要。”

文太还想再说什么，犹豫片刻，他才开口。

“还好后来你变了，变成现在这样，要是当初你继续下去，也许咱们的共同语言会越来越少。”

“嗯，书呆子都说自己不是书呆子，就好比精神病人总说自己没病。”

“我对你彻底放下心来是在当你听到我们班的战对你说他大学毕业五年之后就能超越马云和马化腾的时候，你的表情能看到的只是平和。”

“尘也对我讲过跟你类似的话。”我用球拍拄着下巴，“可惜他不在了。”

“尘走了给大家的打击都很大。”文太顿了一下，“我也是从那时开始坚信，人与人的成长方式的确是不同的，有的人是一步一步地成长，有的人却可能是因为某个人，某件事，一下子就想通了很多，剧烈地成长。”

我记得考研班的老师给我们说过他对于成长的看法：

什么是成长？当你因为某一次经历，导致你体会到了痛苦，痛苦之中或痛苦之后你会去思索，逼着自己做出选择，最终你决定舍弃一些东西，却又得到了一些新的东西。这个过程就叫成长。

的确是典型的成长方式。

“尘的父母要把尘的骨灰拿回来安葬，也就在这个暑假，大家开学之前吧，二老说了，落叶要归根，到他们也要离去的时候，也安葬在这里。”

“收到这个消息了。”

“我打算去送尘一程，也不知道还有谁会到场。”

“到时候一起看一下吧。”

“嗯，话说咱们几年没见到猛将兄了？”

“应该是六年了吧。”

“去看看如何？”

“好，走起。”

我们走出球馆，此时已经5点半了。

一直走到那个熟悉小区里面，向熟悉的方向望去，看到搭起来的棚子还在。

“棚子没动，猛将兄没了？”

“不会的，一定在棚子里面。”

“走近看看？”

“棚子门锁着哪？”

“嗯，万无一失。”

我们向棚子走去，离棚子不到五米的距离，突然听到一声狗吠。

“汪！——呜呜呜——”

一条大黑狗，在棚子里面的角落，此时朝着我们龇牙，发出威胁的低吼。

我们曾一度想弄断猛将兄的铁链。

“哈哈，猛将兄还在！”我和文太都笑了。

就是这条大黑狗，在我们小时候回家经过这个小区的时候，它经常被拴在棚子外面，冲着过往的人吼叫。当时我和文太觉得它这般勇猛，一下子就把它和周星驰演的电影《鹿鼎记之神龙教》里面的称呼“猛将兄”联系起来，从此这条狗就被我和文太称为“猛将兄”了。

每当我们回家的时候，经过这里，见到猛将兄，都会戏谑地逗一逗它。现在它看起来依然精神抖擞，只是不再被拴在外面了。

“话说回来……猛将兄多大了？”

“肯定不小！别忘了咱们上小学的时候它就在这里，就已经是这么大块头了。”

“唉，猛将兄也老了。”

“咱们真是禽兽，它都老了咱们还过来折腾它。”

“你错了，猛将兄才是真禽兽，而咱们……禽兽不如。”

我们俩再一次看向猛将兄，本来已经趴下的大黑狗看到两人又盯着自己，再一次从地上爬起来发出威胁的低吼。

“接下来的日子你要怎么过？”文太问我。

“轻松轻松，为新学期做准备。”

“离别期吧？”

“总之，有事就电联。”我说道，“我要回去了。”

“嗯，我也回去补个觉吧。”

我和文太就此分开。

回去的路上，我没有听《你被写在我的歌里》，而是选择了听《我好想你》，演唱者依然是苏打绿，一路单曲循环。

因为又想起了尘。

在家的第二十三天。

怕

在家的第二十五天。

手机忽然响起，是铭打来的。

“给自己放假啦？出来一起玩啊？”

“都谁在啊？”

“特务，劲，远，城，龙，HIGH，博，维，怎么样？”

“哦！你们在哪儿呢？”

“金泰 KTV306！”

“OK，等我。”

十五分钟之后，我出现在他们的视野里。

今天是只属于兄弟们的聚会！

特务是我们这些兄弟之中对音乐最为精通的，他能熟练地吹萨克斯、小号，弹钢琴、电子琴、吉他、贝斯，还打得一手好架子鼓。剩下的兄弟们之中，我和远，城会弹一点儿吉他，我的吉他还是大二那年暑假找了个音乐班学了一个月，勉勉强强能弹得出简谱，和弦转换都有点儿吃力。

大家分别唱歌，一人一首或两首。

远唱了刘德华的《冰雨》和张学友的《吻别》。

城唱了五月天的《伤心的人别听慢歌》和萧敬腾的《王妃》。

劲唱了张杰的《逆战》和汪苏泷的《风度》。

龙唱了陈奕迅的《好久不见》。

我唱了许嵩的《降温》和华晨宇的《烟火里的尘埃》。

铭唱了杨坤的《空城》和薛之谦的《认真的雪》。

维唱了李行亮的《愿得一人心》和黄小琥的《没那么简单》。

博和 HIGH 合唱了汪峰的《勇敢的心》。

特务唱了 Green Day 的 *Boulevard of Broken Dreams*。

接下来大家一起唱各种“神曲”，从《忐忑》唱到《最炫民族风》再唱到《小苹果》。

铭和远下楼买来果盘和饮料，大家吃吃喝喝。

简单的开心是最难得的。

最后要离开的时候，大家合唱了林俊杰的《江南》和周杰伦的《爱在西元前》。

从 KTV 出来，我们决定去吃露天烧烤。

夏天很多烧烤店都会露天摆出桌椅，客人们都喜欢露天坐着，一边喝凉爽的扎啤，一边吃烧烤。

我们去了一家字号很老的店，老板是个单身汉子，人很豪爽。

幸运的是，我们到的时候，那家店正好有空位。

我们将两张桌子拼成一个大桌，兄弟们围坐在一起，点了很多烧烤食品，当然还有冰凉的饮料。

就在大家吃得开心的时候，HIGH 向四周望了望，喃喃地说道：“啧……没了。”

“什么没了？”大家纳闷。

“就是那对游戏机啊！”

当时坐在 HIGH 两边的薛和博立即对着他打起咏春来。

“靠，真晦气，提它干什么！”

“我还是很怀念的啊。”HIGH 拿起一根烤大火腿，沾满孜然和辣椒面吃起来。

不过经 HIGH 这么一提，大家记忆深处的东西还是浮现了出来。怪不得觉得少了些什么，怪不得大家不约而同地要来这里吃饭。

拳皇 97 游戏机。

这家店里曾经有两台外表很普通的投币游戏机，一台红色一台蓝色，与平时在电玩城、游戏厅看到的那种游戏机没什么区别，但它们内部只有一款游戏——格斗之王 1997，游戏迷一般称之为“拳皇 97”。

不同于其他地方的是，在别的地方玩游戏机，玩一次要投一枚游戏币，而这两台 97 玩一次要投 1 元的硬币。

要知道在我们这，1 元能买到至少 10 枚游戏币了。

这两台游戏机是并排而放的，内部的游戏是一体同步的，并不是分开运行的。

而且玩游戏的人仅限于情侣来玩对战，并没有单人对战 AI 的模式。

这，就是这家店知名的“检测真爱的 97 游戏机”。

据现任店老板所说，他接手这家店的时候，上一任店长特意强调要多关照这两台游戏机，并且告诉了他“具体规则”。

“具体规则”如下：

只要是任何消费满 30 元的情侣在这对游戏机上单方打败对方 30 局，并且结束后情侣两人没发生冲突都没发生的话，不仅二人的游戏费用与饭钱全部免单，老板还会送情侣一对“恩爱券”，男女各持一张，两个月之后生效；如果男女双方两个月之后一起来吃饭，就会再次凭券免单，并缩短“恩爱券”的使用间隔时间，依次可一个月之后生效、半个月之后生效，再到一周生效、三天生效，直到隔天生效为止，“恩爱券”才算作废。

据说，所有挑战这组游戏机的情侣们要么现场吵了起来，要么领了“恩爱券”两个月之后却再没一起出现过。

我一直没玩过它也没看过别人玩，因为我除了暗恋雨，从没谈过恋爱，自然没资格玩这游戏机，并且我也没有看热闹的习惯。

后来大家吃完饭，在桌上闲聊。

“你们说好端端的，为什么这对游戏机会撤掉啊？”

“赚钱赚够了呗，就不需要了，一次 1 元呢，在咱们这是天价啊！”

“不对，应该是赔钱了！你想想，就不能有人假装情侣然后在游戏过程中演戏吃白食？长此以往店里怎么能受得了呀！”

“哪有那么多假冒情侣？而且‘恩爱券’第一次生效是两个月后，周期这么久，假冒情侣只为免单付出的成本也太大了。不过真情侣也不排除演戏的可能……”

“可是我知道的那些对战过后的情侣都没了下文！怎么可能赔钱！拆散了一对又一对，说造孽还差不多！现任老板人那么好，肯定是良心过不去才拆了的！”

“那为什么这些情侣打完游戏之后当场发生冲突甚至分手了呢？”

……

后来，大家都各自回家了。

归途中，我忽然想起，自己听到过情侣们“挑战失败”的原因。

“首先，那对游戏机是被改造过的。游戏机上方各有一个摄像头，当两台机器被情侣启动，摄像头就会采集正在玩的人的头像，进入游戏之后，所有的游戏角色的头部就会替换成与你对战的那个人——你的另一半。

“如果是假情侣来对战，消费基础是 30 元，每次对战费用是 1 元，那基本不会有人为了省这 60 元，耗费这么多时间来专门演戏。

“如果是真的情侣来对战，别忘了规则是要求双方真刀真枪地对战，对战要求更加苛刻，是一方全胜，不论两人是否都会这个游戏还是只有一人会玩。在双方都认真投入的对战情况之下，如果一方真的连胜，另一方多半会问：‘屏幕的人就好比是我，连头像都换成了我，你就下得去手，真的舍得一连打败我这么多次？！你到底爱不爱我？你心里到底有没有我？’如果一方假装连败，赢的一方会问：‘我在你心里就这么废物吗？打个游戏需要你这么迁就我吗？你放水了身边的人难道看不出来吗？他们怎么看我？我不要面子的吗？’如果出现类似的冲突，即没达到游戏规则的要求，即使有情侣在完成全部对战之后，双方当时都没有表现出任何情绪，可心里已经被种下了一颗隐患的种子。在拿到‘恩爱券’的那一刻，这颗种子就真的生根发芽，两个月的时间，足够发生很多的事情，多半是不好的事情……所以最后能坚持下来的情侣少之又少。多讽刺，只不过是个游戏而已，稍微变了个样子就引发了这么多的烂摊子。弄出这游戏机的人到底是从心里相信‘真爱’的存在呢，还是为了揭穿所谓‘真爱’虚伪讽刺的一面呢？”

……

告诉我这一切的，是尘。

而当我的思绪前进到“尘又是如何得知这一切？”的时候，我就不敢再往下想了。

不能想了。

仿佛尘就在那边看着我。

只可意会 不可言传
笑而不语
STAY ALIVE

尘

我没有在做梦。

我迅速扫了眼身边的兄弟们。

文太，铭，西，瑞，龙，维，薛，远，城，博，HIGH，劲，佐，斐，泽，沈，笛，鹤，都在这里。

并且，刚才被我自己掐过的大腿还在隐隐作痛。

我们都没有在做梦。

尘回来了。

他此时在精致的褐色骨灰盒里面，被自己的父母捧在手心。

好兄弟，我们都来接你了。

尘，我们都很好。

原本以为安葬尘的这天，会像电影里演得一样，下很大的雨。

结果晴空万里。这样也好，尘并不喜欢阴天和下雨。尘的父母为他挑选的地方很幽静。

……

简短的葬礼结束，尘的父母告诉我们说今天晚上他们夫妻二人就会坐火车回去。

就在我和铭离去时，尘的母亲叫住我们俩。

“阿姨，您还有什么要吩咐的？”

“他生前说过，要把这两样东西给你们。”

说完，她打开提包，取出里面的东西。

分别是一个淡蓝色运动手环，一个白色的信封。尘的母亲将手环放到铭的手中，将信封交给了我。

“他说铭看到这手环就会想起来它代表什么意思，还说你手里的信本来就要寄给你，结果一直没时间。”

听完尘母亲的话，我们俩各自拿着手中的物品，十分用力。

尘的母亲看着我们两个人，欲言又止，最后只露出一个真诚的浅笑。

在家的第二十七天。

距离开学还有五天。

烧

当晚回到家，我拆开信封，阅读信里面的内容。

所谓的信，其实是尘直接从日记本上撕下来的一页日记。

日记上面有点点模糊，可能是浸了水，浸水的地方还有点儿浅浅的蓝色痕迹。

6月8日 小雨

我的高考结束了。

今天也是老家那群“狼”考完高考的日子。凭我对他们的了解，我坚信我们这些人都不会在意分数或者会去哪一所大学，我们关心的只有把握当下、如何能痛痛快快无怨无悔地过好高中最后的时光。

可是我不能回去见他们，好可惜。

算起来自己离开他们也有将近两年的时间了，如果可以的话，真想和他们一起经历高考啊，就像从前一起经历各种难忘的时刻那样。

高中转学，高中生涯的结束，这些在我看来只不过是接连变换地方生活罢了。

不，是颠沛流离。

好像我的心一直没有一个稳定安心的归宿。

可即使是在老家和他们在一起的时光，我也依然没有一种真切的归属感。不，不只是我，我们都有各自的心事和故事，这么多年，一直如此。已经过去的时间里，其实大家的心也都始终在颠沛流离吧？我知道，对于一部分人而言，未来依然会这样，时光流淌，奔腾不息，即使表面的生活在旁人看来再平静安稳，真实的他们却在似水流年中颠沛流离，孤独无依。

可只有这样的人才会真正成为我的兄弟。

后来的自己转运了？我指的是变差的那种。因为高二来到这里之后，我再没结交到和老家的他们一样的好兄弟，也许是对我走之前没能和大家留下更多美好回忆的惩罚吧。

噢，想起高三刚开始的时候，我偷偷地回去过一次，没和他们说一声看来是对的，好想亲自玩一次那对97游戏机啊。我到底喜欢她吗？我想我是喜欢的，可为什么我没自信到想用这游戏机来验证我们的感情呢？只可惜没机会了。和她分开之后，我不止一次地嘲讽自己：呸！活该！不学好非得早恋！我到了那家店，本想着再看一眼游戏机留个念想，却看到一群人正在将游戏机拆掉搬走。

我想将它买下来，可是我没钱；我想阻止，却明白自己无法阻止。这承载了很多很多说不清道不明又无比混乱和脆弱的感情的玩具，看来以后再也见不到了。我只好站在那里，在心里跟它告别，却止不住眼泪。

奇怪，明明是考完高考解放的时刻，为什么自己会拒绝同学们的聚会邀请而窝在家里写这些东西？现在想想他们对我这个转学生还是很友善的。

那家伙可以痛快地画画搞创作了吧？文太在疯狂地玩英雄联盟吧？铭还清表白时欠大家的饮料了吗？劲的CS还是玩得那么厉害吗？HIGH还像以前一样毒舌吐槽大家吗？龙还是那么能喝水吗？远和城的篮球技术是不是又上一层楼了？还是特务有境界啊，还记得自己曾经将一首歌听了很多很多遍，想讨厌这首歌愣是讨厌不起来！实在没有办法就去让特务支个招，他只告诉我，将这首歌设置成手机的闹钟铃声和来电铃声即可！结果真的只要听到这首歌就烦得透透的，还有一丝丝的恐惧！特务果然了解音乐啊……不愧是将来要吃这碗饭的人。

真想念他们。

对了，我想起来到这里不长时间，跟那家伙通电话，其实那家伙总是想得太多，每次通话却还是安慰我，因为我不知道怎么和他说我这边的事情，对铭，对文太，都是如此。他说了为铭和他自己写了个歌词，他啊，也和我一样是个笨蛋！臭小子，明明喜欢雨，以为老子看不出？等等，这话说得不对……应该只有老子看得出。只不过多么可悲啊，歌词没有曲，就像他和雨注定不会有结果，最后他还答应要给我看歌词。

好！你舍得死我就舍得埋！大不了瞎眼呗！

决定了，这篇日记写完，我就要给他邮过去，跟他说：

赖！账！鬼！——把！歌！词！给！我！看！

坑爹的人生啊……

求求你……

突然好想哭哦。

色魔，你都记得这么清楚，我怎么可能忘记？

那词早就写好了，你可别失望！我准备了三份，自己留一份，铭也有一份，而你的那份我现在就给你送过去！先说好了，不许说我幼稚！

我打开房间里的储物柜，先将这页日记小心放好，然后扯出一个文件袋，将歌词翻出来装进去，用签字笔在文件袋背面写下尘的名字，最后换上衣服，手拿打火机就出了门。

还好此时我的家人没有回来。

我走到街口，蹲下，将手中写有歌词的纸点燃。

尘，让你久等了。

歌词

要烧给尘的歌词，是基于我心里的感受写出的。但可悲的是，在烧歌词给尘的那一瞬间，我才意识到，自己写下歌词时的那种感受只过了几年就已经变得很模糊，就像许嵩在歌曲《白马非马》中唱的那样：当时的我喜或悲已经记不得。

歌词部分：

闹钟再次额外响了好多遍　起身按掉然后拉开窗帘
匆忙吃下几片面包当早餐　出门庆幸又是一个晴天
想要找到一条新鲜的路线　再缩短一些路上必要的时间
不是为了能早些到达终点　只想把沿途美景再多看几眼

左边路过一个姑娘看着手机　脸上满是难掩的笑意
也许是因为某个内容很有趣　或是爱人发来了信息
她平日未必没有焦虑和恐惧　所以这一刻才珍贵无比
有那么一瞬间人会无所畏惧　其他的一切都不会在意
拥有相同的瞬间和一次无怨无悔　是不是谁都可以

长大成人自力更生明明我们都盼望已久
可有时觉得童年那些约束未曾不是一种保护
过去那些觉得沉重无比的课本笔记试卷练习册
如今早被房租水电柴米油盐的重量远远超过了

曾经无数次想过未来会是怎样的
看到一座山峰无比开心和激动　边爬边兴奋着
好像一切的希望和幸福的梦想全部会成真的
只要自己坚持到爬上山顶的那一刻

下班之后　孤身走在街头　看到前方站着自己的好友
刚要挥手　呼喊让他回头　突然清醒过来避免了开口
明明我们早已在相距甚远的两座城市各自工作和生活
不期而遇　怎么可能在这一天发生呢

右边走过一对恩爱夫妻　两人目光却向同一处汇聚
那是他们的孩子走在前面　怀抱着尚未拆封的崭新玩具
丈夫一直牵着妻子的手　眼中闪烁满满温柔与疼惜
妻子边挽起丈夫的手臂边提醒孩子别走得太急

为了全勤奖从来没迟到过　却错过了无数末班车
今天真是幸福　早早结束工作　还被通知就要升职加薪了
可万万没想到小小的惊喜会比预期的还要更多
今晚没依靠安眠药或是啤酒就轻轻松松睡着了

曾经怎么也没想过未来会是这样的
山中不仅有毒蛇猛兽　还有万丈深渊饥寒交迫
生离死别和失望失落还有无数挫折人心险恶
有时崩溃着想着　不如就干脆一了百了了

许多事没有道理　许多人不讲道理
一地鸡毛还有蒜皮　我们被迫走过一地
也许没能洗尽铅华只增长了年纪
请别绝望放弃　请别垂头丧气

时刻都有人降生开始哭泣
时刻都有人离去停止呼吸
时刻都有人奋力爬出谷底
总有束光会照进你心里

如今依然会想着未来到底会是怎样的
不想说在山顶看见了什么　因为下一座山已经在等待了
也许所有事情都要这么过　不停坎坷颠簸起起落落
总会值得的　这值得的才叫作生活

你就是你　请继续做好独一无二的你
你才是你　感谢能一直认真生活的你
请带上过往累积　告诉自己未来可期
请保留不论悲喜　独家或者共享回忆
请保持初心如一　仍相信温暖和善意
请将这点点滴滴保管珍惜　汇聚成你活过的痕迹

再到下一个春天绿意盎然
再到下一个夏天烈日炎炎
再到下一个秋天落叶翩翩
再到下一个冬天瑞雪丰年

睡吧　晚安

不语

又一次来到中心广场的第三层。

这是我在初三时发现的好地方，这一层绝对寂静，但它所在的位置却是无法寂静的中心广场。

有点儿矛盾啊，就好像一个人是绝对的火眼金睛，美中不足之处在于他是个瞎子。

手臂放在水泥扶手上面，弯腰即可看到向东整条街的一切。

可惜如今看不到了。

首先是工商银行所在的购物中心盖起了高层，其次是城市最大的百货商场进行重新建造，成了整座城市最高的建筑。

惬意地看向远方，做不到了。

但还是能够低下头注视着广场上来往的人们。

广场下方是地下购物中心，所以广场的四个角落分别设置了出入口。人们接连不断地进来，出去，上来，下去，还有的人明明从这个出口走出来，却径直走向另一端的入口。

广场中心的高杆灯，每当夏夜亮起来，就仿佛是UFO在天空中停留。那时来广场玩的小孩子都会在高杆灯下围成一圈，痴痴地抬头看着。

自己曾经在初三的冬夜，将一整瓶墨水拧开，倒在高杆灯地下，然后恶狠狠地将空墨水瓶摔得粉碎。

自己曾经在这里许过多少的愿？立下多少目标？实现了多少？沉默了多久？在这里听过什么歌曲？看过多少场雪？淋过多少场雨？以及……掉过多少眼泪？

我记得，我都记得。

我看到有几个孩子正骑着自行车在广场上飚得兴高采烈。

花坛旁坐着他们的家长，都在盯着自己的孩子。

眼神中有关心，有疼爱，有期待，也有失望。

大人们身旁还放着做工简单的书包，可上面的“××辅导班”几个字却异常清晰。

此时在这里看着当下的一切，也仿佛看到了曾经的自己和伙伴们的影子。

现在的孩子真的很幸福。

想玩游戏可以有电脑、智能手机、掌机、电视游戏机、平板电脑以供选择。

想看漫画或者是动画不需要每天守在电视前或者是购买纸质书、VCD 和 DVD 光碟，在网上都能找到。

还有帅气的山地自行车，各种精美的玩具。

可越是这样想，我越觉得记忆中的旧时光存在的一切都更加珍贵。

那时候没有 5 元一个的冰激凌，只有 2 角的奶油冰棍，豪华点儿的是 5 角的盒装冰糕。

那时候没有 10 元一杯的奶茶，有的只是 1 角一袋的冰水，上面画的是企鹅还是海豹已经记不清。喝的时候只需将冰水的一角咬开一个小口，若是打闹起来，还能用力一捏，让冰水喷出细长的一条水线，对着玩伴滋过去。

那时候能玩到好看的玻璃珠，俗称“溜溜”，可我弹溜溜一直弹不好。

那时候还有上发条的铁皮青蛙，夜光塑料做的刀枪剑戟。

脑海中突然不受控制地冒出来好多片段，就像播放电影一样。

曾经我们都以为自己只要拿起一根木棒挥舞就能像孙悟空一般神通广大，只要伸出手掌就能像《黑客帝国》的主人公一样让子弹停下，只要跑起来就能带动一阵风，成为大侠，飞檐走壁，行侠仗义。幻想过皮卡丘摸起来的手感，幻想过学会《龙珠》里面的舞空术之后要先飞到哪个向往的地方去看一看。

后来我们开始失去这一切。

从前的时间过得好慢，自己永远是精神抖擞的。渐渐地，时间过得飞快，自己明明没做什么就头重脚轻。

从前觉得世界那么宽广，自己有那么多事情能够完成，渐渐觉得有些事情做不到，而变得不再尽全力，后来遇到一些事情则干脆不再去做。

曾经想要证明什么，却不知道应该怎样证明，应该先证明给别人还是先证明给自己，疑惑中非但没做好事情本身，反而留下一地鸡毛。

我们将所有的童真与想象打碎，用一身尘埃混合自己的眼泪，做成一块块砖，砌成一堵堵高墙，将一地碎片层层围住，最后留下一个入口，锁门再贴上封条，封条上写着两个字：现实。

记忆中，有很多的蝴蝶和蜻蜓，那时我们捉蜻蜓要挑“红辣椒”，抓蝴蝶之后还要洗手，害怕蝴蝶翅膀上的粉会被吃进嘴里，揉进眼睛里。

可不论是蜻蜓还是蝴蝶，再也不会向我们展现它们落于花草之上的情景了。

它们都怕和现在的我们见面，才躲到我们找不到的地方了吧？……

最后，我们发现，自己周边的环境变成这样，是我们自己审判的自己。

面对自己，我们都是爱判死刑的法官。

面对时间，我们都是输家。

在家的第二十九天。

距离开学还有三天。

下雨天

轻微的闪光。

过后是轰隆隆的雷声。

看不到蓝天，空中布满了云，但不是大团大团的乌云，只有几缕乌云在天空缓慢地流动，虽阵仗不大，却肆无忌惮地准备在这一片阴天进行扩散。

就好像是狼烟。

又闪光了，急而狠，压迫感十足，仿佛一条白龙，在和地上的芸芸众生玩着捉迷藏。

寂静。

突然一个炸雷。

雨点迅速地落下来，啪嗒啪嗒地打在玻璃上。

我闭上眼，听着哗哗的雨声，好想回忆起梦中在北大地的那番景象。

可它无论如何也没出现。

在家的第三十天。

距离开学还有两天。

离

自从尘的葬礼结束后，兄弟们便陆续地返回了各自的高校。

先是远，回到上海那边。

接着是维，回到山东那边。

城，回到秦皇岛那边。

斐和泽，回到湖南那边。

劲，回到大连那边。

陆续地，博，沈，笛，鹤，薛，西，瑞，HIGH，龙，佐，全都走了。

大家就像一朵升空的花火，从老家绽放，分散。

如今只剩下三人，我、铭和文太。

又不是永别，还会再相聚的。

明明心里都知道是这样，可是还是怅然若失。

今天这种感觉忽地剧烈起来，难以名状的惊慌失措：这个暑假就剩下一天了。

第二十三个夏天。

颠沛流年

睁眼之后，我马上看手机显示的时间，凌晨，不到 4 点。

起床，洗漱，直接套上休闲服，没有像上次那样在茶几上为父母留下自己外出的提示，换好鞋，带上钱包和手机，直接就出了门。

先去火车站，把明天所乘的火车票取出来，事先在网上买好的。

应该会费很大一番工夫吧。

可偏偏就很省事。径直走去火车站，凌晨的售票厅没有几位乘客，服务窗口只开放了一个。办公人员正在闭目养神，听到脚步声，睁眼看到我，微笑着问需要什么。

不需排队，我在窗口将身份证递给他。他接过去，在机器上验证，确认车次和乘车日期，稍后将票打印出来，盖章，与身份证一起交还给我。

仿佛只眨了一下眼，我就已经拿着身份证和车票站在售票厅门口了。

和自己想得不一样啊，就像老五在网上看到那些游戏解说在录制的第一视角里各种秀操作，大杀四方 Carry 全场，到他自己进入游戏也依样照葫芦画瓢的时候却遭遇一连串的失败，最后他抱头呐喊：“和视频里的不一样啊！”

好像生活也是一部部的视频，人们彼此看着，再回到自己的视角，总会发出这样的感叹。

和视频里的不一样啊。

也许我们就是这样，在自己的故事中，在别人的故事中，扮演着截然不同的角色。

你的重要是别人的不重要，别人对于你或许重要，对于别人则不确定是否重要。

接下来怎么办？

明明人与人不一样，还是拉起连线来做参考甚至模仿。

真的不知道自己应该往哪走，体育场？中心广场？

没有头绪，就这样一直向西。

路过 24 小时营业的德克士，我想了想还是走了进去。

要了杯咖啡，一份鸡块，选了一个靠窗的位置坐好。这才发觉，对面是中心广场。

真静啊。

我拿出手机，戴上耳机，单曲循环起许巍唱的《曾经的你》。

……

总想起身边走在路上的朋友　有多少正在醒来

让我们干了这杯酒　好男儿胸怀像大海

经历了人生百态世间的冷暖

这笑容温暖纯真

……

我们算是经历了人生百态吗？答案无疑是没有。

我们只是即将步入社会的小牛犊。

但我们也在这个年纪经历了一点儿人情冷暖，甚至是……生离死别。我们现在就有温暖纯真的笑容。

当我慢吞吞地吃掉鸡块，喝完咖啡的时候，来电铃声也恰到好处地打断正在播放的音乐。

是铭。

“喂？在家哪？”

“没有，你运气挺好，我今天恰巧早起出来鬼混。”

“……我要走了。”

“啊？！”我大吃一惊，急忙继续说下去，“你不是在我之后开学吗？”

“我现在在车站，你能过来吗？”

“你几点的车？”

“7 点整。”

我不记得铭返回自己高校所在的城市有一个车次是 7 点开车，随即拿起手机，从显示屏上看到现在快要 6 点半了，马上对准话筒说：“好，我马上就到。”

……

等我从送站通道进入候车室时，一眼就看到铭站在那里。

他穿着一身紫衣，旁边立着黑色的旅行箱，手中提着一个白色布袋，一脸宁静。

“怎么没跟大家说一声？”

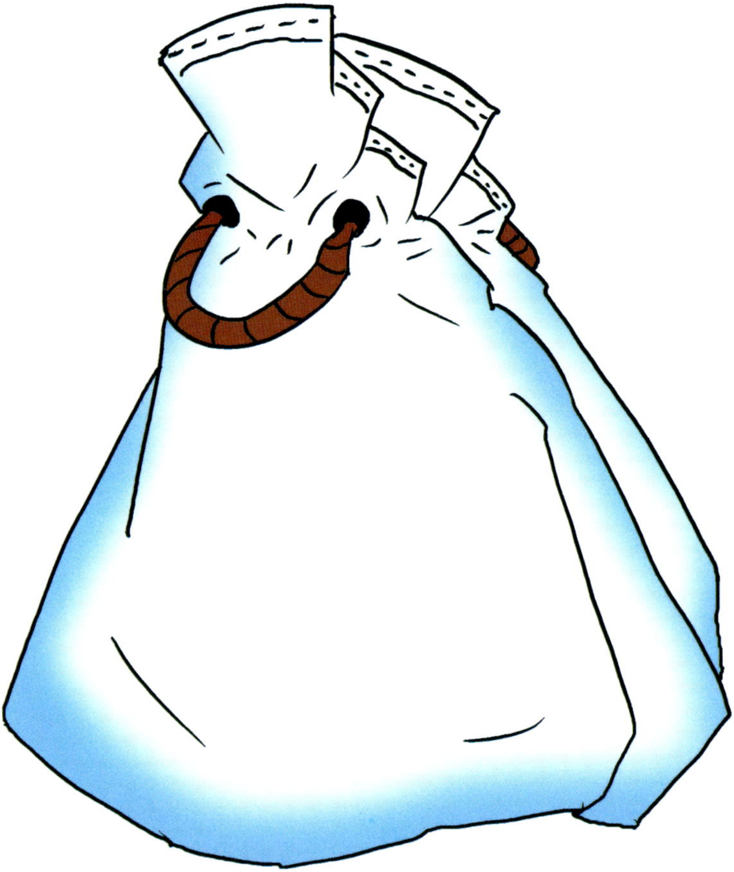

白色布袋，我怕弄脏它。

铭浅笑："现在已经不剩下谁了啊。而且我很久之前就这样决定了，离开的时候，不要很热闹。"

顿了一下，他说："然后，行踪缥缈。"

话音刚落，候车室的广播响起："旅客朋友们请注意，开往广州方向的 ×××× 次列车即将检票了。"

"你要去广州？！"

"嗯，先到广州，然后去香港。"

铭仿佛猜到了我的想法，他解释道："其实我之前想给她写些什么东西，无论如何也写不出，当时我有点儿怀疑自己，是不是不喜欢她了。记得你跟我说过世界上没有比台式电脑后面机箱上的连线更乱的东西，我觉得那时候我的脑子里就是那种情况。"

"……我还以为你又拿睡前喝了牛奶安神，思路被抑制才没灵感作为借口。"

"嘿，后来我觉得既然写不出文字就换个方式，写了一首曲子。你知道我没有音乐基础，又不想麻烦特务，所以我用了一个特别笨的方法：先将脑海中的旋律哼出来，再到网上一个音符一个音符地听音进行核对，勉强写出了谱子，自己又填上词。脑袋一热就给香港的一家唱片公司寄了过去，结果对方回信了，请我去给几位知名歌手的新专辑曲目作词，交通、食宿以及办理港澳通行证的费用全部由他们负责。"

不管别人怎么斜眼看我，我只盯着前方自己的路足够。

“你……答应了？”

“是的。”

“学校那边怎么办？你都大四了啊。”

“我和父母坦白了，也跟校方沟通了，申请休学一年。”

“可即使这一年过去，你也未必会回来了吧？”我直截了当地问出来。

“还是你懂我啊，但以后的事情，谁知道呢？你也对我说过呀，人生可不是青春后就结束了。”

“你打算什么时候告诉大家？”

“等我安顿下来吧，”铭顿了一下，“上次你给我的歌单，我全都听了，每首都很好，但只有一首完全把我打败了。”

“哪一首？”

“朴树的《平凡之路》。”

我点头，这首歌也是我的最爱曲目之一。

铭苦笑着说：“出发之前我在想，咱们在现在的年纪就能听懂《平凡之路》，到底是幸运还是不幸呢？”

我不知道该怎么回答铭。铭认真地看着我，又笑了，然后将手中的布袋递给我：“这是我之前费了很大力气搞到的原版，送给你了，算是你给我歌单的回礼。”

我接过布袋，同时发现铭的手腕上戴着那从尘的葬礼上得到的手环。

“这不是那天的……”

“这个啊，是我之前和尘的约定，其实这是之前我一次过生日的时候尘送给我的生日礼物，但他没有立刻给我，而是告诉我，当我决定要去远方的时候，他就交给我，让我带着它一起离开。没想到，尘终究没有亲自将它交到我手里。”

我将布袋打开，里面是两张 CD：DJ Okawari 的专辑 *Mirror* 和 *A Cup of Coffee*，两首知名的乐曲 *Luv Letter* 和 *Flower Dance* 就是出自这两张专辑。广播此时又响了起来：“旅客朋友们请注意，开往广州方向的 ×××× 次列车开始检票了，请旅客朋友们排好队，检完车票后依次进入站台。”

“铭……”

“什么都别说。”铭笑着做出一个“嘘”的手势，“再见了。”

我看着他检票，然后消失在检票口的转角处。

铭走之后，我不知道自己站了多久，回过神之后便再一次重复着凌晨走过的路线。今天是个大晴天。

铭走那一刻，其实我看不太清他离去的景象。

我顶着太阳，渐渐觉得两侧的楼房、街道、车辆、行人全都消失不见，声音也无法入耳，取而代之的是大片的云，以及一片很宽广的草地，草地上闪烁着数不清的白色光点。我唯一能感受到的是手里布袋传来的触感，提示我并非两手空空。

我就这样拿着铭送给我的两张原版专辑，一步一步地向前走，就这么走。

手机此时显示来了短信，让我意识恢复到现实的世界，消息是文太发来的。

我抬起头，看着真实天空的样子，它永远不会像我看过的好多动画电影中那样美丽，它就在那儿。

文太……

我想做一个剪云者。

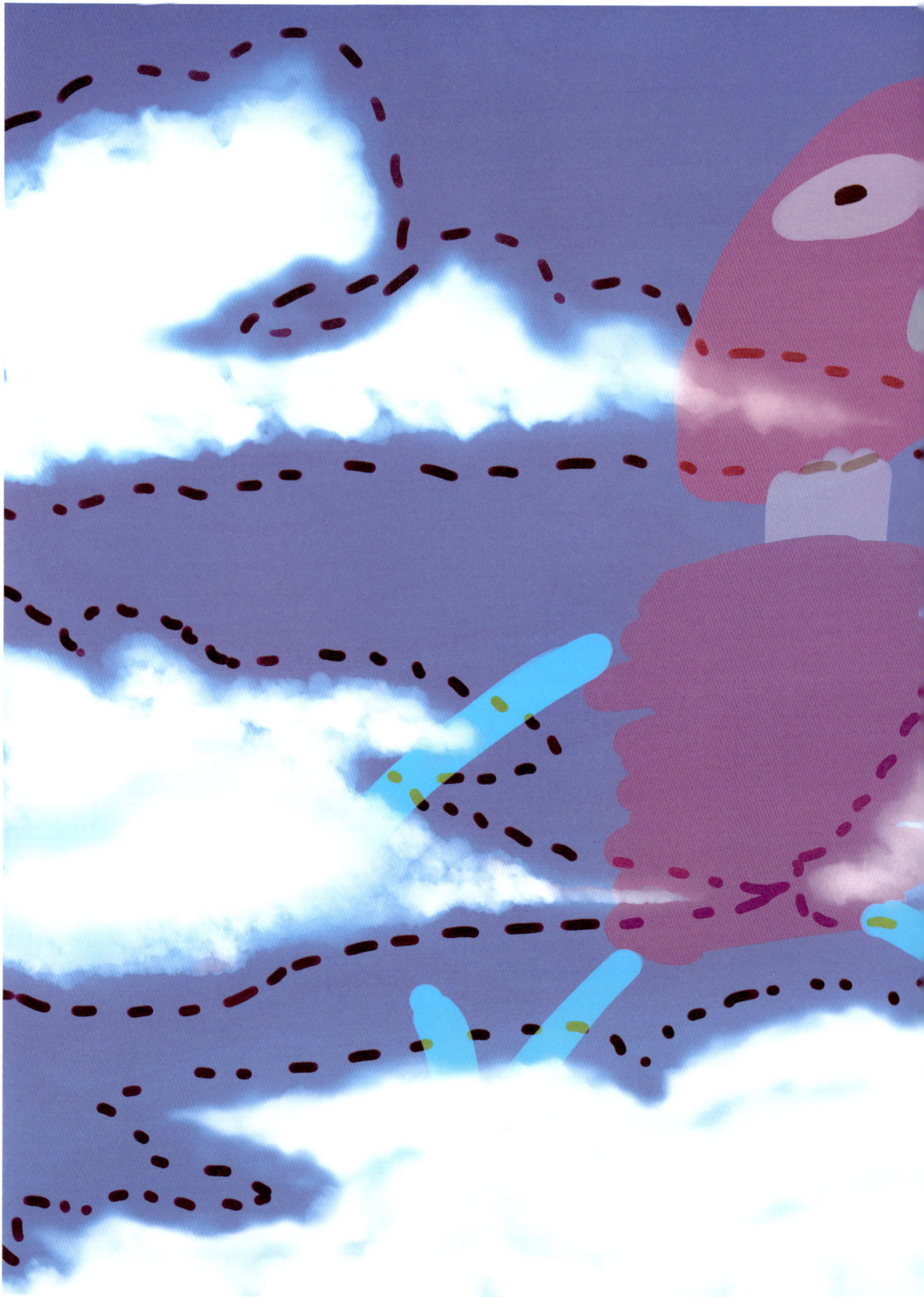

可有些东西，真的，好高，好远。

今天只是个普普通通的，天气晴朗的星期日。

这只是个普普通通的，被一群青年一起雕刻出来的夏天。

颠沛流年……

或许这才适合我们。

未来见。

后记：从此之后

请再次听我说一声谢谢：感谢您能够看完整个故事。

也许您已经不耐烦了，其实这里已经到这本书的最后部分了，请再忍耐一下就好。

您可能觉得这个故事的内容跟书名不符，实际地点没发生什么变动，时间跨度也不大，对此我更愿意解释为：将书名用来形容书中故事所对应的每个人心里的状态，包括我自己。恰如尘在那一页日记里的话语。序言中关于遗憾与成长说得已经够多了，接下来讲讲其他的：小说篇幅不长，没有什么华丽的文字，插图也是我凭借着感觉自己画出来的，画得不好还请见谅。而且插图是在完成文稿之后绘制的，我很庆幸画插图时自己还能比较准确地找回写对应章节文字时的那种心情。其实书稿我在几年前就已完成，经过修修改改，到如今这本书才得以出版，很庆幸自己没有放弃。

有的朋友也许会问：小说全部的章节里到底有多少故事是根据真实内容改编？多少人物是真的存在？还有人在提醒（没有恶意）：你觉得你的东西在豆瓣之类的评分网站会得几分？要不就为了迎合大众把内容改了吧，现在武侠玄幻霸道总裁美女后宫之类的才是王道，懂吗？现在的社会要争取得个奖，捞一个名声才是正事，懂吗？我的回答是：无所谓。因为故事，读不读得懂，怎样理解全凭个人，哪怕打乱顺序随手翻到某一章节来看，也不太影响整体的阅读。至于人物与事件，不管是真实的还是虚构的，他们所起到的作用和表达目的都已经达到了。不论是对于我，还是对于我的朋友们，我们都从那个时候走了过来，还来不及检查伤口，就继续往下一站前进。

至于那些基于别人的评价产生的东西什么的……有谁把它当

回事了呢?

大学毕业后，我来到了北京，成了无数北漂中的一员。其实来到北上广深打拼的人大多如此，为了工资、房租、温饱奔波以外，每天还都在卖力地争取着体现自身价值的可能性，以及为了那渺茫到几乎无法实现的梦想。北京每一天每一处的交通枢纽都有人提着行李箱来来往往地走过，不仅仅是旅行和出差的人们，我相信其中有一部分人或是雄心勃勃地赶来，或是悲观失意地离开，但更多的人在坚持，为了自己，为了对自己重要的人。不论再怎么跌倒，都会满怀希望再度站起来。有时我在想，如果我的作品能够给这些人带来一点儿力量、温暖和善意，将会是多么好的一件事。

之所以这样说，是因为尽管我依旧很焦虑，但不会因为这些而感到害怕了。每个阶段都有每个阶段的烦恼，很多事情注定会因为这些烦恼而错过，大自然是公平的，社会却又相对不那么公平。

多数人差不多都是这样的轨迹，小学为了期末考试烦恼，初中为了中考烦恼，高中为了高考烦恼，大四为了实习找工作或者考研烦恼。工作或者升学确定之后留给你写论文的时间不多了，大学毕业后，进入社会，好不容易自食其力却没能财富自由，更别提背负起房贷以及结婚养育下一代，因为合适的人哪是那么好遇到的，即便遇到了人家又凭什么选择你？一切都充满了机遇，同时又充满了更多的竞争对手，今天你不向别人看齐，明天你就“死”无葬身之地。

我们都很平凡，但我们都很伟大。

曾经有个朋友和我形容过：就像与别人打牌时，我拿的只是最平淡的一副牌，有时甚至会拿到最烂的一副牌。我发现自己能掌控的实在太少太少。

可即便这样，我也不会无意义地抱怨，更要打好手中现有的牌。而且我绝不允许别人替我打我自己的牌，后果自负我求之不得，说得好像别人替你打牌之后他们就会为你的牌局负责一样。我也不会再进行各个方面无意义的比较，不论是和更好的相比还是和更差的相比。

2018 年 9 月 8 日和 9 日，我看了人生中的第一场和第二场演唱会，都是华晨宇的鸟巢演唱会。

其中最让我感动的是 9 月 9 日华晨宇在演唱会演唱的最后一首歌《新世界》。他在开唱之前说：“本来在演唱会的结尾会唱张国荣先生的《我》，但五年过去了，我成长了，大家也成长了，所以从今年（2018 年）开始，从现在开始，我们要走进一个新

2018 年 9 月 8 日入场前

2018 年 9 月 9 日入场前

2018 年 9 月 8 日的观看位置以及“红海”

2018 年 9 月 9 日的观看位置以及“红海”

的世界。”

我想这就是希望的力量，温暖的力量。成长这件事要靠自己，生而为人的优点就是不论如何都不会轻易放弃希望，在成长的过程中更要学会去找寻让希望延续的东西，找寻能给自己加油打气让自己坚持下去的人和事，不断让自己走出舒适区，进入自己的新世界，努力活成自己想要的样子。这就是我和朋友们在平凡的生活中依然在坚持自己的选择，拒绝平庸，继续成长的动力。日子一样在过却也越来越快，希望未来我们的成长都能够对得起各自一直以来执着的和不妥协的、拒绝的和舍弃的一切，不敢说绝对能够实现目标、理想或梦想，但至少也要保护好自己心里尚未崩塌的地方，就是我在序言中提到的核。

多少人走了，多少人还在，未来还会遇见谁？

小说最后的两幅插图都是蓝天白云以及航迹云，无关“夏将军”，无关漫天乌云和洪水，无关考验感情的特制游戏机，无关失恋暗恋生离死别。其实大家心里想做的事情，大家心里在意的人，大家心里的信仰和选择，从未改变过；不管是夏天还是冬天，不管是年轻还是年老，在有了希望和勇气后，只剩下八个字：即刻出发，永无止境。

各位的故事，我和我朋友们的故事，一切才刚刚开始，咱们一起加油。

至于书中的人们，后来发生了什么？

大家都在过着各自的生活。

有机会的话，我会继续把这个故事讲下去。

张花火

2021 年 3 月 17 日于北京

坠落，升空。

创作
电影
工作
动画
热爱
挣钱
活着
留下作品
酸
甜
苦
辣
衣
食
住
行
雨
尘